作者简介

[波]马尔钦·雅姆科夫斯基：波兰新闻记者、攀岩爱好者和潜水爱好者，毕业于华沙大学化学系，曾在哈佛大学和麻省理工学院学习电影导演、编剧写作和电影制作。曾任《国家地理》杂志波兰分部主编、纽约探险家俱乐部波兰分部副主席，参加了五大洲的探险考察。

[波]马切伊·希曼诺维奇：波兰插画师，曾是一名演员，但他不喜欢那份工作，于是重拾童年爱好，开始画插图、设计图书、创作戏剧海报和棋盘游戏等。2011年荣获华沙城市奖，2014年荣获波兰儿童文学节奖。

乌兰：波兰大学文学博士，2010年荣获波兰文化和民族遗产部部长颁发的波兰文化贡献奖，2013年在波兰格但斯克大学开创中文系，创立孔子学院，曾任该校中文系教授、主任和孔子学院执行院长。

❁ 你知道和不知道的名人故事 ❁

大科学家

图书在版编目（CIP）数据

大科学家 / （波）马尔钦·雅姆科夫斯基文 ；（波）马切伊·希曼诺维奇图 ；乌兰译. -- 西安 ：西安出版社，2024.8
（你知道和不知道的名人故事）
ISBN 978-7-5541-7194-3

Ⅰ. ①大… Ⅱ. ①马… ②马… ③乌… Ⅲ. ①儿童故事－图画故事－波兰－现代 Ⅳ. ①I513.85

中国国家版本馆CIP数据核字(2023)第212285号
著作权合同登记号：陕版出图字25-2023-024

大科学家 DA KEXUEJIA

[波]马尔钦·雅姆科夫斯基 **文** [波]马切伊·希曼诺维奇 **图** 乌兰 **译**

图书策划 孙俊臣 **责任编辑** 朱 艳
封面设计 杨晓庆 **特约编辑** 孙俊臣
美术编辑 葛海姣
出版发行 西安出版社
地址 西安市曲江新区雁南五路1868号影视演艺大厦11层（邮编710061）
印刷 鹤山雅图仕印刷有限公司
开本 889mm×1194mm 1/16 **印张** 8.5
字数 85.93千字
版次 2024年8月第1版
印次 2024年8月第1次印刷
书号 ISBN 978-7-5541-7194-3
审图号 GS陕（2024）006号
定价 68.00元

出品策划 荣信教育文化产业发展股份有限公司
网址 www.lelequ.com **电话** 400-848-8788
乐乐趣品牌归荣信教育文化产业发展股份有限公司独家拥有

你知道和不知道的名人故事

大科学家

[波]马尔钦・雅姆科夫斯基 文
[波]马切伊・希曼诺维奇 图
乌兰 译

乐乐趣
西安出版社

序

科学家是什么样的人呢？有人说，他们是一帮怪异的人，身穿白大褂奔忙于实验室之间，那里可能有什么东西会突然爆炸；有人说，他们是一群受人尊崇的人，用柔和的声音向人们介绍难以理解的深奥理论。但对我而言，他们是那些敢于在未知领域不断探索的人。

“科学就是不断探索和发现，并且为达目的进行的一次冒险。”一位科学家如此说道。这个目的就是求知、满足好奇心和寻找答案。人们总是想知道组成世界的最小结构是什么，人的心脏为什么会跳动，地球是否位于宇宙的中心，我们的祖先是什么样的人，恐龙吃的是什么食物，大陆是怎样形成的……正是科学家的探索与发现，为我们提供了这些难题的答案。

这本书讲述的就是一些伟大的科学家的故事，他们敢于冲破无知、愚昧和迷信的束缚，踏上探求真理的旅程。这本书也向我们证明了：科学家毕生的努力就是一场奇妙的生命历险！

——[波兰]马尔钦·雅姆科夫斯基

医学发展

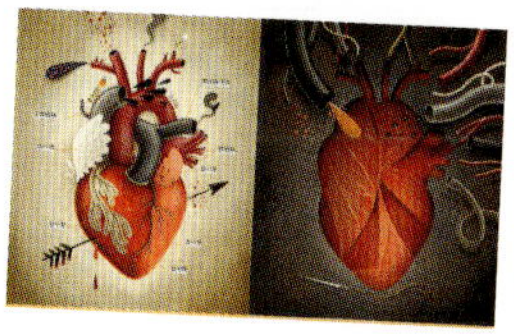

自然科学

1473 年 2 月 19 日生于波兰皇家普鲁士托伦。
1543 年 5 月 24 日逝于东普鲁士弗劳恩堡（今波兰弗龙堡）。

1564 年 2 月 15 日生于意大利托斯卡纳大区比萨。
1642 年 1 月 8 日逝于意大利佛罗伦萨附近的阿切特里。

1643 年 1 月 4 日生于英国林肯郡伍尔索普村。
1727 年 3 月 31 日逝于英国伦敦肯辛顿。

1769 年 9 月 14 日生于德国柏林。
1859 年 5 月 6 日逝于德国柏林。

1809 年 2 月 12 日生于英国什罗普郡什鲁斯伯里。
1882 年 4 月 19 日逝于英国肯特。

詹姆斯·沃森

1928 年 4 月 6 日生于美国伊利诺伊州芝加哥。

弗朗西斯·克里克

1916 年 6 月 8 日生于英国北安普敦。
2004 年 7 月 28 日逝于美国加利福尼亚州圣迭戈。

罗莎琳德·富兰克林

1920 年 7 月 25 日生于英国伦敦。
1958 年 4 月 16 日逝于英国伦敦。

莫里斯·威尔金斯

1916 年 12 月 15 日生于新西兰庞加罗阿。
2004 年 10 月 6 日逝于英国伦敦。

微观世界

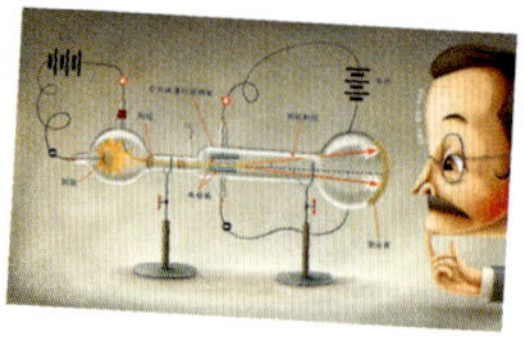

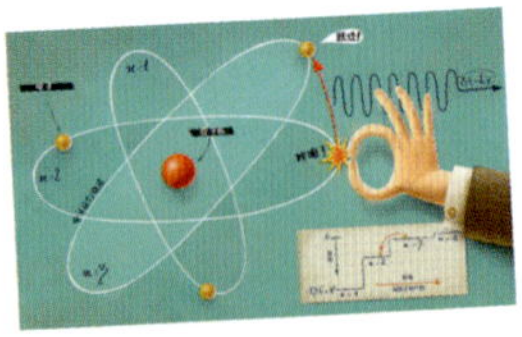

E=mc²

轰隆!!!

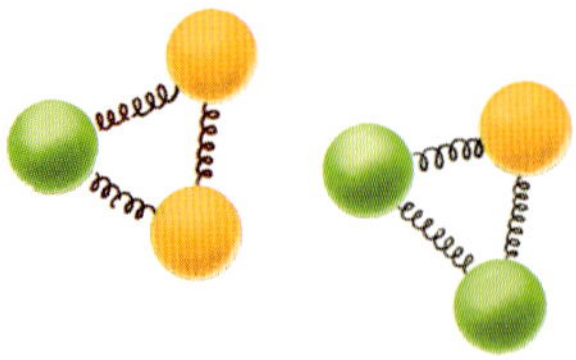

古代世界

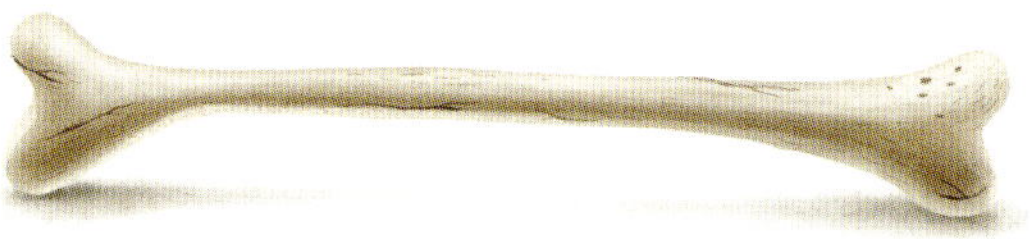

医学

发展

希波克拉底

他生活于古希腊伯里克利时代，被西方尊为“医学之父”，是西方医学的奠基人。

希波克拉底不仅是一位伟大的医生，也是西方医学的奠基人，对医学领域的发展产生了深远影响。时至今日，所有医生在从事这一职业时都要学习《希波克拉底誓言》并进行宣誓，其中最重要的一点就是“不伤害原则”。

希波克拉底生于古希腊的科斯岛，在一个拥有良好教育氛围的家庭里长大。希波克拉底的父亲是一名医生，正是他给自己的儿子上了人生第一堂医学课。我们对希波克拉底了解不多，他可能在青年时代做过一件“坏事”——烧毁了当地的阿斯克勒庇俄斯（古希腊神话中的医神）神殿的档案。这也许是一个意外（他正在橄榄油灯下阅读，不小心点着了手头的资料），也许是故意的（他不认同先人留下的医学资料）。尽管真相无从得知，但一切都表明，这是一件非常严重的事情，为此他不得不离开家乡，前往邻近的埃及、利比亚和今天的土耳其工作。不过，这反而帮助了这位未来的“医学之父”。希波克拉底在离开家乡的日子里，不仅给别人看病，还学习各地医生的诊疗方法，积累了丰富的经验。最后，他把学到的一切总结成一门系统的学科——医学。

希波克拉底是一位实践者。他善于观察和研究，这让他摒弃了所有伪科学的方法，特别是那些完全基于迷信的治疗方法。他认真准确地做了很多记录，也就是我们今天常说的病历。鉴于这些记录，他能评判哪些方法有助于患者恢复健康。当然，在希波克拉底生活的时代，药物十分稀缺，因此他建议患者采取其他方法来康复，例如在温泉里或高山上的冷水中洗浴、特殊的饮食、服用草药、进行日光浴、做体操，以及经常擦洗全身等。希波克拉底对医生的要求非常严格。他认为，医生应该无私和谦虚，要专注于患者，体谅他们，善解人意，要随时准备为他们提供帮助。他在治病救人的经历中，看到了医学高于一般职业的东西——医学不仅仅是一种职业，更是一种使命。希波克拉底十分忠于自己的原则，因此他活得很开心，也很长寿——他活了80多岁，在那个年代能活到这个年纪，真是令人难以置信！

希波克拉底去世百年之后，埃及的亚历山大市成立了一个专门的委员会。法老命令学者们搜集当时在医生中使用并流传的所有医学文献。直至今天，我们仍不清楚，这些医学文献中有多少是希波克拉底本人撰写的，有多少是其他医学家受到他的启发而写成的。但我们知道，为了纪念他，人们把当时搜集到的所有医学文献命名为《希波克拉底文集》。

希波克拉底认为，人体内有 4 种体液：血液、黏液、黄胆汁和黑胆汁。他曾说，当人体内的 4 种体液失去平衡时，人就会生病。他认为，有些患者在康复过程中，应该排出体内某种过量的体液。因此，在治疗时，他有时会让患者呕吐，有时会给患者放血。而这种放血疗法在当时非常普遍，一直持续了 2000 多年，直到后来才被证明会对患者的身体造成伤害。

医生誓词

今天，医生在走上职业道路前会进行宣誓，其誓词内容在很多地方都继承和发扬了希波克拉底的观点：

今天我进入医学行业，立誓献身人道服务；我感激尊敬恩师，我充分认识到自己的职责，我承诺：

——本着良心与尊严行医；

——为人的健康和生命服务；

——尽我所知，减轻患者的痛苦并预防疾病；

——对患者负责，不因任何宗教、国籍、种族、政治观点或地位不同而有所差别；为患者着想，并给予他们应有的尊重；

——不滥用患者的信任，即使患者死亡后也要严守患者寄托于我的秘密；

——尽力维护医界名誉及高尚传统，不玷污医界的名声；对同事诚恳以待，充分信任他们，亦不辜负他们的信任；保证公正行事，一切为患者服务；

——不断丰富我的医学知识，并将我在医学上的一切发明和创新向医学界公布。

我郑重地宣誓！

伊本·西拿

他博学多才，被称为“世界医学之父”。

在伊本·西拿生活的时代，人文学科和科学并没有严格的区分。对上帝的存在、数学、世界的创造、医学、矿物和哲学的思考，都自由地交织在一起。那些思想家热衷于谈论的话题，如今早已被划分成了完全不同的独立学科。伊本·西拿是一个天才和通才，很少有人像他那样几乎通晓当时所有领域的知识。他特别勤奋好学，在短暂的一生中（按今天的标准）大约撰写了450部著作。有些著作很短，但大多数都是他花费多年不断添加新章节而写成的鸿篇巨著，其中最多的是关于哲学和医学的著作。历史已经证明，伊本·西拿是世界上最早、最伟大的医生之一。

980年，伊本·西拿出生于古波斯布哈拉城的一个税吏家庭，这样的家庭出身让他接受了良好的教育，也使他懂得了知识的重要性。他年轻时通读了柏拉图的希腊哲学、伊斯兰教的圣书，以及来自布哈拉和伊拉克巴格达的阿拉伯医生撰写的所有著作。当时，这两个伊斯兰国家的城市集中了世界上最重要的学府。他的父亲聘请了许多老师，教授他天文学、地理学、炼金术、心理学、神学、逻辑学、数学、物理学和诗歌。伊本·西拿16岁时开始钻研医学，两年后就毕业了。他后来回忆说：“医学不像数学那么难，我进步很快，并开始用医学的方法给患者治病。”

伊本·西拿曾给那些负担得起医疗费用的阿拉伯贵族治病。为了感谢他，贵族们允许他进入他们的私人图书馆查看资料和翻阅书籍，他还能到宫廷大臣与波斯公爵及其家人的私人图书馆看书学习。他坚持研究，公开发表自己的发现，并将撰写的书籍寄给其他伟大的学者和思想家。由于宫廷中的阴谋斗争，伊本·西拿曾被投进监狱。后来，他不得不打扮成乞丐从城里逃出来，因为贵族们不想让他离开宫廷。他最为重要的两部医学著作《治疗论》和《医典》是当时具有开创性的医学典籍，书中主要论述了怎样治病救人、预防疾病，甚至还预测了致病因素的存在，数百年后科学家才证实了这一点。伊本·西拿的著作主要用阿拉伯语写成，后被翻译成拉丁文（欧洲中世纪的学术通用语言），这些著作曾在短时间内被列为禁书，但最终却成为流传700多年的医学教科书！

伊本 · 西拿在波斯以外的地方也非常有名且备受尊崇。13 世纪时，英国牛津大学的墙壁上还有他的一幅画像，这幅画像是在 1950 年的一次校园翻修中被偶然发现的，隐藏在几层旧石膏之下。直到 16 世纪的文艺复兴时期，伊本 · 西拿的伟大著作《医典》才走下神坛。

那时，许多科学家有了新发现，比如意大利的达 · 芬奇（他通过解剖尸体，揭示了人体内部的结构，获得了许多人体解剖和生理学上的重要发现）和英国实验生理学创始人之一的威廉 · 哈维（他发现了心脏在血液循环过程中的作用，指出血液受心脏推动，沿着动脉流向全身，再沿着静脉返回心脏，如此环流不息）。这些新发现使这位来自布哈拉城的医生在书中讲授的一切变得黯淡无光。瑞士医生帕拉塞尔苏斯甚至在巴塞尔广场上公开烧毁了伊本 · 西拿的著作。1658 年，《医典》最后一版拉丁文译本出版后，人们依然阅读他的著作，但主要是为了了解医学发展的历史，而不是学习防治疾病的方法。不久，医生的办公室里到处都摆满了现代医学书籍——以维生素、抗生素等药物为基础的药物学著作，还有关于器官移植的著作。

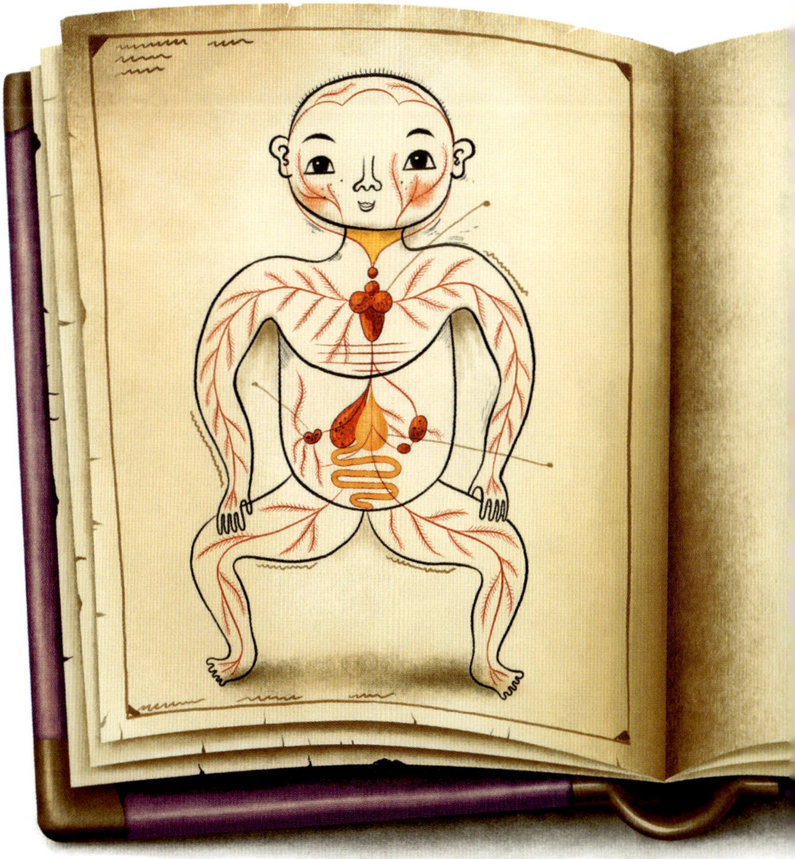

卡西米尔·冯克

1912 年，他提出了维生素理论，并证明了为什么日常饮食中不能缺少蔬菜和水果。

今天，所有人都知道，每天不仅要吃适量的食物，还要注重食物的多样性，做到均衡饮食。人们必须为自己的身体提供多种不同的营养元素，以保证健康。但在 100 多年前，人们还没有认识到这一点。那时，人们以为只要吃很多肉或面包就足够了，至于那些水果和蔬菜，比如菠菜、甘蓝、白菜或者西红柿，都仅仅是一些五颜六色的补充品。现在，人们已经不再这样认为了。“为了保持身体健康，摄入的食物就不能缺少蔬菜和水果”这一革命性的发现，来自波兰裔美国生物学家和化学家卡西米尔·冯克。

卡西米尔的父母都曾是华沙著名的医生。他们不仅告诉儿子要热爱学习，还教他认识人体及其运转的奥秘。卡西米尔 16 岁就高中毕业了。由于天资聪颖，对世界充满了好奇心，20 世纪初，他开始在瑞士的伯尔尼大学攻读生物学和化学，并于 1904 年获得有机化学博士学位。不久之后，卡西米尔成为一名真正享誉国际的科学家。他曾就职于法国巴黎著名的巴斯德研究所，后来还在德国、英国、波兰和美国工作过。

在翻阅其他科学家撰写的文献时，卡西米尔对一位荷兰人的研究产生了兴趣。那位荷兰人发现，那些食用糙米的人比只吃精米的人更不易患脚气病。作为一名化学家，他决定找出这两种大米的区别，验证一下为何糙米可以防治疾病。经过多次实验，最终他发现了一种只在糙米里才有的物质，他称其为“Vitamine B”（维生素 B）。“Vitamine”一词来自拉丁语中两个词语的组合：“vita”意为生命，“amine”表示胺类有机化合物。卡西米尔相信，维生素 B 不可能是唯一一种能预防疾病的维生素。事实证明他是对的！随着时间的推移，在其他食物（主要是水果和蔬菜）中，科学家们又找到了几十种维生素。

卡西米尔一生都非常幸运，无论是在科研工作中，还是在个人生活中。不过，唯一遗憾的是他没有获得诺贝尔奖。作为维生素的发现者，他曾四次提名诺贝尔奖，但最终与这一最高的科学荣誉失之交臂。1929 年，诺贝尔生理学或医学奖被颁发给了一位荷兰人——病理学家克里斯蒂安·艾克曼，正是他启发了卡西米尔的伟大发现。艾克曼后来回忆说，卡西米尔的成就被大大低估了。为何诺贝尔委员会忽略了这位科学家呢？或许这只是一个简单的失误。但不管怎样，卡西米尔没有一丝失望，一直坚持不懈地从事自己的科研事业。

缺乏维生素可以导致很多严重的疾病，其中就有坏血病。18 世纪时，这种疾病在乘船从欧洲远航到印度的英国船员中特别常见。在远航期间，船员们吃的都是船上提供的餐品，主要以干肉和咸鳕鱼为主，大约两个月后，他们的牙龈开始出血，牙齿也逐渐松动甚至脱落，而且身上只要有一点伤口，就会流血不止，长时间不能愈合。在远航过程中，连那些重要人物也无法摆脱这种疾病的侵袭，尽管他们的生活条件比普通船员的要好得多。英国官方曾公布，在远航中死于坏血病的人数甚至比与法国、西班牙等海上强国进行海战而丧生的人数还要多。英格兰医生詹姆斯·林德想办法解决了这个问题。一开始，他实验性地给船员的餐饮中加入各种食物进行食疗——其中包括酸白菜、谷物、啤酒花、生菜以及用柠檬和橘子榨成的果汁。发现这一方法有效后，这些食物就一直存在于航海船员的菜单之中，它们被称为“抗坏血病药”。到了 20 世纪，科学家才证明，防治坏血病的化学物质是来自蔬菜和水果中的维生素 C，而维生素 C 也被称为“抗坏血酸”。

克里斯蒂安·尼斯林·巴纳德

他是世界上首例人类心脏移植手术的实施者。

古人认为，心脏是人类灵魂的居所。中世纪时，人们认为心脏是神圣之地。而对这位来自南非共和国的医生克里斯蒂安·尼斯林·巴纳德来说，心脏是一块普通的肌肉，也是一块非常复杂、不可或缺的肌肉。不管怎么说，它只是一块肌肉。因此，谈到在心脏上做实验，他并没有任何畏惧和偏见。

巴纳德出身于南非一个有宗教信仰的家庭。他的父亲信仰基督教，是一位传教士，在南非的偏远地区与黑人和白人共事。当时，南非实行严酷的种族隔离制度，按照不同的种族将人群分隔开来，因此很多白人能享有的权利，黑人却无法拥有。然而，巴纳德的父母教导他“所有人都是平等的”，他把这个教诲深深地记在心里。多年后，根据这一原则，他雇用的人中既有黑人，也有白人。母亲教给他的信念是：只要努力，就一定能有所收获。当巴纳德开始迷上体育时，父母没有钱给他买运动装备，他就在比赛中光脚跑步。他用借来的球拍打网球，穿的也是一双借来的破旧网球鞋，还不得不将纸塞进去堵住鞋上的洞。尽管如此，他还是赢得了比赛！巴纳德没有钱上梦寐以求的医学院，但他学习成绩优秀，得到了特别奖学金，从而完成了自己的学业。

巴纳德治好了许多患有肺结核和肠道疾病的人。在美国进修时，他开始研究治疗心脏病，那时他已经是一名正式的医生（但他依然要出去打零工，通过修剪草坪、在洗车行洗车，赚一些外快）。他之所以钟情于研究心脏，或许是由于他的弟弟在几岁时就因心脏病去世了。随着对心脏科学的深入研究，巴纳德很快意识到，这个器官的复杂疾病在当时根本无法治愈，唯一能做的是把那些因意外（比如车祸）去世的人的心脏移植到心脏病患者身上。当时，美国人并不想做这样的事情，他们认为把一个人的心脏取出来（即使是从死者身上取出来），再植入另一个人的身上，可能会引发一些道德质疑。那时，这样做究竟是对还是错，人们很难得到一个确切的答案。

巴纳德对此没有任何疑虑，他认为应该尽一切努力挽救人的生命，即使不得不使用一个不幸死亡的人的心脏，也要去救治另一个人，即使这会给患者带来风险。他曾经说过：“如果狮子在追你，你知道它会吃掉你，当你跑到一条有鳄鱼的河边时，你还是会跳进河里，希望自己能游过去，逃过一劫，活下来。”因此，他回到南非以后，开始了自己的实验——他尝试给狗实施心脏移植手术，同时学习和研究人的心脏器官的构造。后来，他开始观察那些受心脏病折磨的患者，准备给他们实施心脏移植手术，并为此组建了一支有 30 位医生和护士参加的团队（团队成员既有黑人，也有白人，这在当时的南非是前所未有的）。

1967 年 12 月 3 日，这是一个伟大的日子。心脏接受者是 53 岁的路易斯·瓦什坎斯基，他是一位立陶宛移民，曾经是一名运动员和士兵，如果没有新的心脏，他很难活下去。心脏捐赠者是一位 25 岁的女士，名叫丹尼丝·达维尔，她是一名公务员，当天在车祸中丧生。她的父亲考虑了 4 分钟，然后在捐献女儿心脏的同意书上签了字。这位父亲说：“我想到的只有我的女儿，我觉得她会给别人新的生命。”手术持续了数小时，最后成功了，患者带着新的心脏活了下来。然而遗憾的是，18 天之后，患者因肺部感染去世。不久，巴纳德又实施了一例心脏移植手术，患者活了一年半。后来，有很多接受了心脏移植手术的患者持续生活了很多年。

当巴纳德成功实施了第一例心脏移植手术之后，他的声望在世界上与日俱增。他到世界各地去演讲，还受到了教皇、国王以及各国总统的接见。如今，全世界每年都有成千上万的人接受心脏移植手术，这类移植手术挽救着患者的生命。

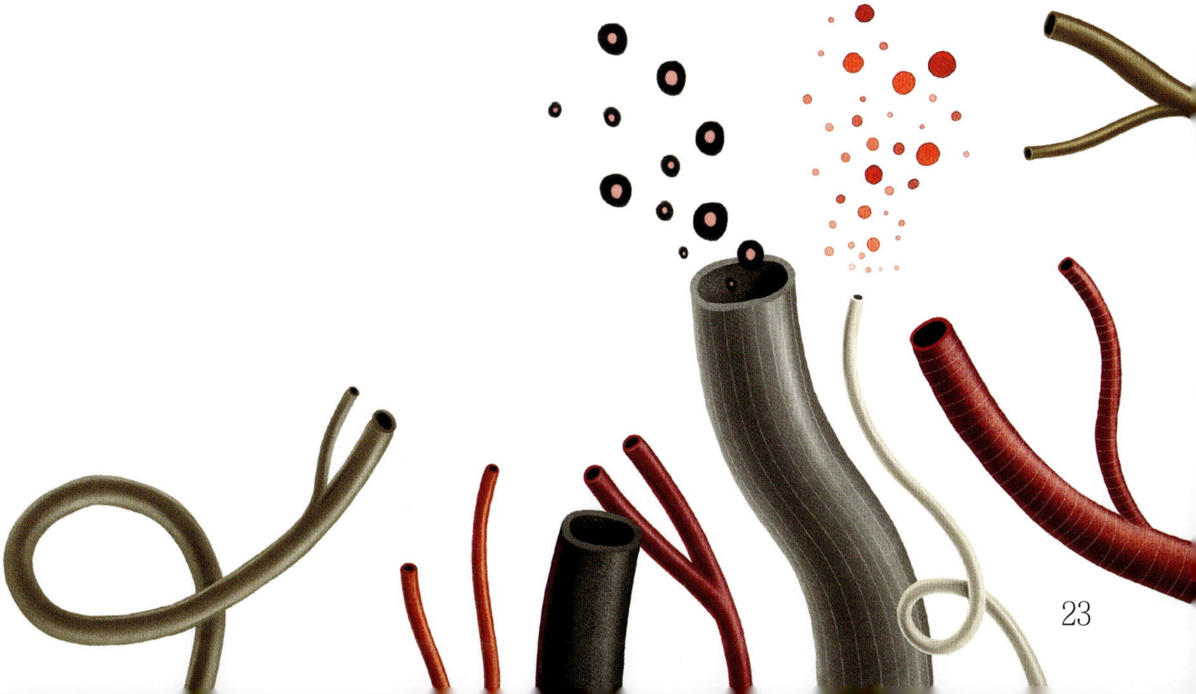

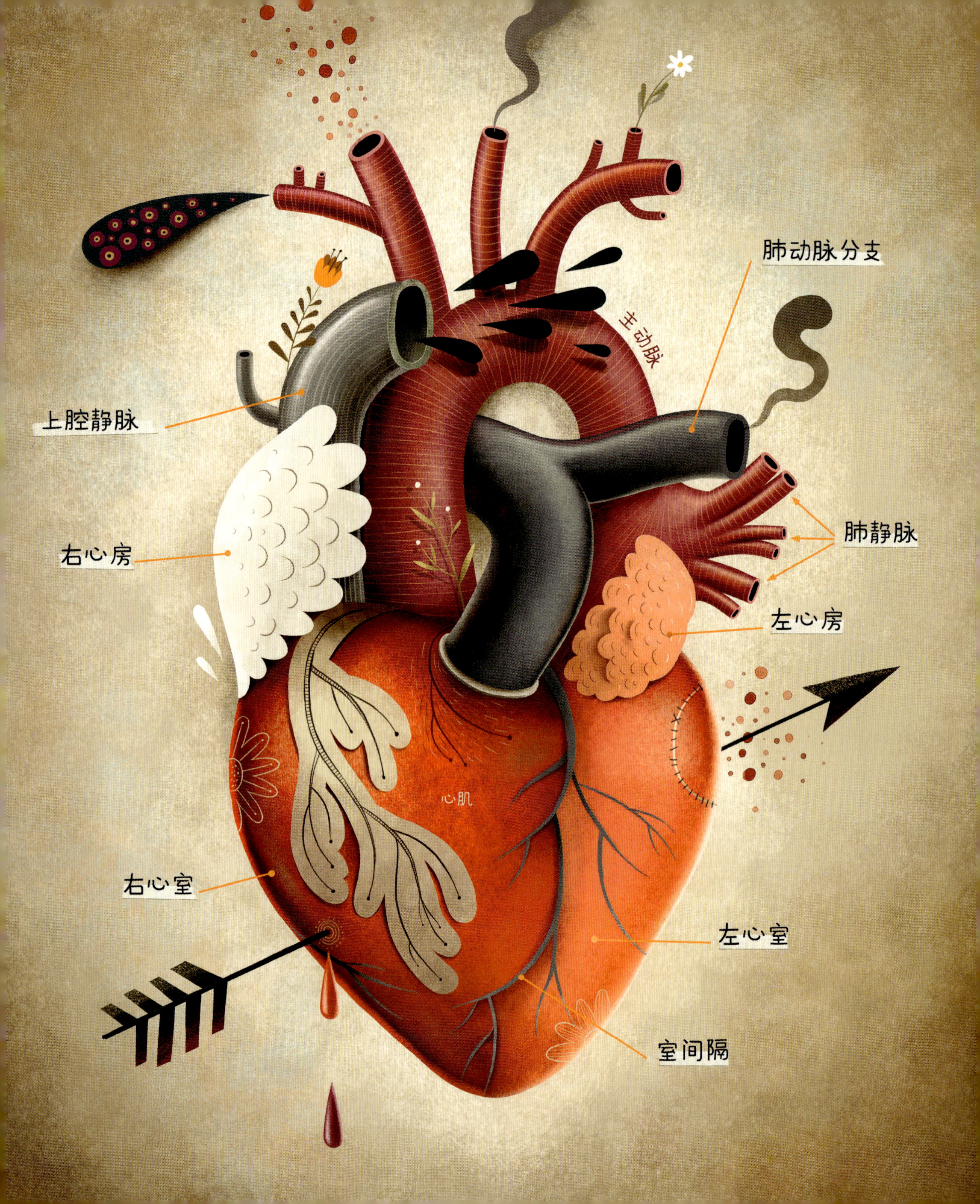

肺动脉分支
主动脉
上腔静脉
右心房
肺静脉
左心房
心肌
右心室
左心室
室间隔

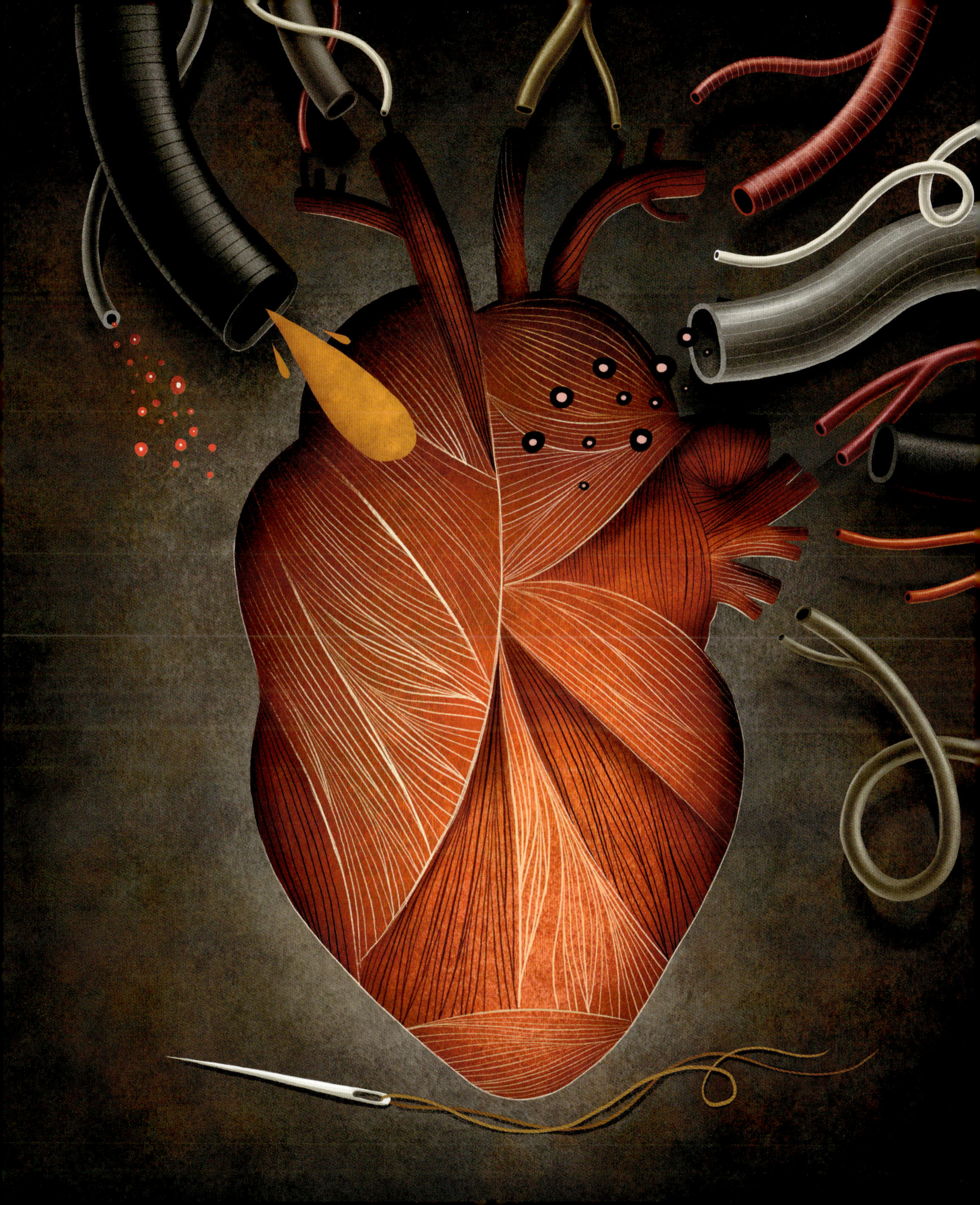

自然

科学

亚里士多德

他是古希腊哲学的集大成者，是一位百科全书式的科学家。他的理论一直延续了2000多年。

大约2 400年前，亚里士多德的每一天都像一个美丽的童话。清晨，他在阳光明媚、温暖富饶的希腊首都雅典醒来。中午时分，他前往体育场，柏拉图学园就坐落于此。亚里士多德来这里锻炼身体，会见朋友，聆听他的老师柏拉图讲课。

在体育活动休息的间隙，所有人都会坐在树荫下，一起学习哲学：思考事物的本质；思考自然界中的现象是如何发生的；思考当水结冰或开始沸腾并变成蒸汽，然后凝结成雨落到地上时会发生什么（这怎么可能呢？它的内部都发生了什么？）；或者为什么树枝燃烧之后会变成灰烬……他们还讨论了宇宙的极限是什么，是否真的存在宇宙的极限，地球及其内部是什么样子等问题。当所有人因锻炼身体（他们可能跑步、掷铁饼、掷标枪、跳远和跳高，这些都是古希腊时期最流行的运动项目）而感到疲惫时，他们就会去离柏拉图学园不远的房子里，围坐在餐桌边，一边享用美食，一边继续进行学术讨论和哲学辩论。谁不愿意做这样的事呢？

柏拉图去世后，亚里士多德离开了雅典。多年后，他又回到这座城市，创办了自己的哲学学校——吕克昂学园。在那里，他遇到了一群渴求知识的学生，但与柏拉图不同的是，他在课上很少讨论，更多的是讲课，就像现在绝大多数老师在学校上课那样。

亚里士多德为人类了解自然做出了巨大的贡献！他为许多科学领域奠定了基础，例如生物学、海洋学、气象学、天文学、力学、地质学……他还曾是马其顿国王亚历山大大帝年轻时的私人老师，后来亚历山大大帝几乎征服了半个世界。作为一个富有的人，亚里士多德经常四处游历，希望增加自己的知识，以此来进一步了解世界。“哲学始于提问，首先提出最简单的问题，然后才涉及关于太阳、月亮和宇宙起源的问题。”他写道。他会提出一些问题，然后以科学的方法来寻找答案——先确认事实，然后分析事实，最后得出结论或采取行动，而不是依靠没有经验支持的抽象理论。直至今天，这种推理方式仍然受到科学家的充分重视和肯定。

亚里士多德撰写了关于天文学的著作，他认为地球是宇宙的中心，其他天体围绕地球转动。这个理论一直持续到16世纪，直到哥白尼提出日心说，证实了地球围绕太阳转动。亚里士多德还从事过自然科学的研究，他对动物尤其是海洋生物很感兴趣。他研究了鱼类和其他海洋生物，并向渔民询问他们对海洋生物的观察情况和经验。很多科学家认为，直至19世纪，没有人在海洋生物学方面能与亚里士多德的贡献相媲美。

亚里士多德一生撰写了很多著作，包含了他所生活的时代几乎所有领域的知识。柏拉图死后，亚里士多德在总结前人思想的基础上，否定了他老师提出的很多观点，创立了截然不同的思想体系。今天，我们依然记得亚里士多德的名言：“我爱我师，但我更爱真理。”

阿基米德

他是古希腊最杰出的哲学家、数学家和力学家，确立了静力学和流体静力学的基本原理，他的《论浮体》成为世界上第一部关于流体静力学的科学著作。

在历史记录中，阿基米德是一名疯狂的科学家，他所思考的都是复杂的科学问题。传说他有一次正在沐浴时，想到了一个问题的解决方法，便立即跳出浴池冲向前方，大声喊道："我找到啦！"这件事发生在2 000多年前遥远的西西里岛东南端的叙拉古城，不过迄今为止仍然没有找到对此事的详细描述。有些人认为，当时这位蓄着长胡须的智者身穿浴衣，径直奔向叙拉古国王的宫廷，向国王汇报了自己的科学发现。

尽管阿基米德的许多观点仅仅是纯粹的理论思考，但他与当时大多数科学家不同，他在将理论付诸实践的时候从没有过任何犹豫，那次也一样。阿基米德坐在浴池里，潜入水中观察水会发生怎样的变化——水位明显上升。这位伟大的科学家还想知道，既然人体在水中会感觉更轻盈，那么人体的重量会随之改变吗？由此，他总结出了浮力定律，直至今日人们仍把这个理论称为阿基米德原理，即浸在水中的物体受到向上的浮力的大小等于物体所排开的水所受的重力。这就是为什么船舶虽然是由厚重的钢铁制造的，却仍能漂浮在水面上，在水上航行——因为它们受到了巨大的浮力。

阿基米德认为浮力定律的发现具有极高的实用价值。作为叙拉古城中最聪明的人，他接受了叙拉古国王希伦二世布置的一项重要的"科学任务"。国王请金匠用纯金打造了一顶新的皇冠，皇冠做得简直天衣无缝，精美绝伦。虽然这顶皇冠与当初交给金匠的纯金一样重，但国王怀疑金匠私吞了一些黄金，并用同样重量的白银来代替，以保证皇冠的重量。于是，国王让阿基米德证明情况是否真的如此，还提出一个条件：在证明过程中不能让皇冠受到丝毫损坏！"我该怎样做才好呢？"阿基米德一直没有想出好办法。在那个年代，检验黄金质量的唯一方法是使劲儿弄弯黄金，看它是否会断裂。黄金如果没有断裂，就是纯金；如果断裂了，就说明里面掺杂了白银。然而，检查皇冠不能这样做。他一直冥思苦想，直到洗澡时想出了一个实验方法。他当着国王和金匠的面，将两个物品分别浸入同一水位的水中，先是皇冠，然后是同等重量的纯金。结果发现，放着皇冠的水位比放着纯金的水位高。这就意味着皇冠里掺杂了比黄金更轻、更便宜的白银。掺假的事就这样以科学的方法得到了验证。弄虚作假的金匠受到了惩罚，阿基米德科学天才的声誉得到了进一步巩固。

阿基米德在埃及的亚历山大城学习期间，开始对数学中的几何学产生了兴趣。他无休止地在纸上和沙子上绘制几何图形与实体图形，尽一切可能进行计算。他是世界上第一个给出球体和圆柱体的表面积和体积计算公式的人。他在《数沙者》一书中，提出了一套记录庞大数目的方法，还给出了一种计算地球上所有海滩上的沙粒数目的方法。阿基米德经常将自己的理论运用到实际生活中，他利用螺旋作用，发明了一种借着螺旋曲面绕着旋转轴做旋转运动把水吸上来的机械工具，后人称其为阿基米德式螺旋抽水机，就是通过旋转手柄，从井中抽水或倒出谷物。阿基米德还发明了滑轮组，这是一种由许多滑轮和绳索组成的机械装置，利用杠杆原理可以轻易提起那些单凭人力无法搬运的过重物品。为了向人们展示这一发明，他在城市港口独自使用复式滑轮，将当时最大、最重的军舰“叙拉古号”推入水中。在天文学方面，阿基米德根据古代科学制造了一个宇宙模型——运用水力推动的球形天象仪，球面上有日、月、星辰和五大行星，太阳和太阳系中的几颗行星盘旋其中，围绕悬挂在球面中心静止的地球旋转。

与此同时，阿基米德还发明了一种战争机械——投石机。叙拉古城被围攻期间，曾利用这一机械向敌人投掷巨石。投石机被非常巧妙地隐藏在城墙后面，以至于罗马人相信，那些飞来的巨石是神亲自从天上投下来的！

阿基米德在罗马人围攻叙拉古城的过程中丧生。据说，当罗马士兵破城而入时，阿基米德还在地上埋头画图，研究几何问题，他当时只说了一句话：“别把我的圆弄坏了！”结果被罗马士兵用剑杀死了。根据阿基米德生前的遗愿，他的墓碑上刻着“圆柱容球”的几何图形，上面刻着“3:2”，以表示这位伟大的科学家在几何上的伟大发现。

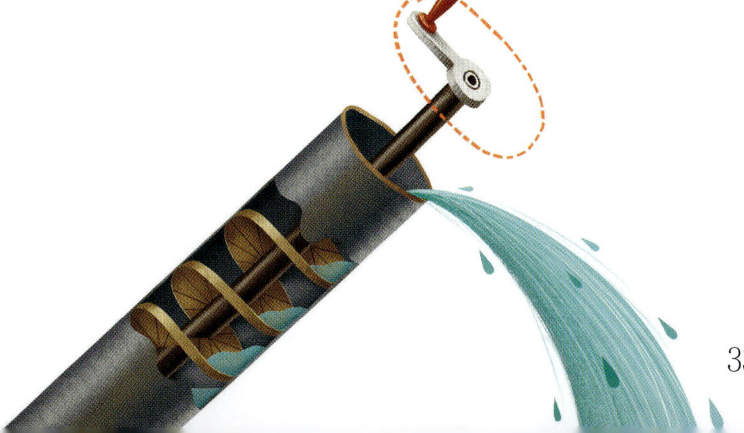

我找到啦！

列奥纳多·达·芬奇

他既是科学家，又是艺术家，是人类历史上少见的全才。他对世界充满好奇心，又极富创造力。他最大的成就是在绘画领域，《蒙娜丽莎》和《最后的晚餐》早已成为世界美术史上的经典之作。

今天，科学家们的研究领域非常狭窄，有人精通地质学，有人精通医学，还有人精通力学。然而，这样的专业划分在500多年前根本不存在。事实上，那时也不存在这些科学领域。如今，我们可以这样说，15世纪的科学家都是跨学科的研究者，他们精通多学科、多领域的知识。或许这不足为奇，当时，科学成就不像今天这样巨大，一个人能掌握多个学科的知识是一件非常普遍的事情。但在21世纪的今天，这几乎是不可能的。因为几个世纪以来，科学家获得的知识量是如此之大，以至于他们变得越来越专业，甚至在一个学科内的分工也越来越精细。在15至16世纪，当达·芬奇开始创作时，他的才华使他既可以成为精通许多领域的伟大科学家，也可以成为一名伟大的艺术家。

这位文艺复兴时期的大师也经常被后世的科学史家和艺术史家提及。1452年，达·芬奇出生于意大利托斯卡纳大区一个叫芬奇的小山镇，是一个私生子——在15世纪时，这种情况对一个孩子来说是灾难性的。他没有继承父亲微薄遗产的权利，甚至没有一个真正的姓氏，他的名字“da Vinci”的意思是“出生于芬奇镇”。由于所处的社会地位较低，儿时的达·芬奇不能接受任何正规教育，无法进入正规的学校学习。当时，这是一个不可逾越的障碍。但幸运的是，达·芬奇是一个对世界充满好奇心、才华横溢、勤奋而富有想象力的人。他从许多不同的渠道汲取知识，不放弃任何学习的机会。

当父亲看到达·芬奇画画很好时，他就把儿子送到佛罗伦萨拜师学艺，师从知名画家安德烈·德尔·韦罗基奥。在那里，达·芬奇开始学习艺术专业，了解了绘画的奥秘，还认识了很多富裕的城市居民。由于出色的人际交往能力和绘画天赋，他一生都在佛罗伦萨、米兰、罗马和巴黎之间奔走，并能住在国王、教皇以及各种权贵的居所之中。每到一处，他都会进行创作，也会遇到那个时代的杰出人物，从他们身上学到许多东西。随着时间的推移，达·芬奇超越了自己的老师，逐渐成为“巨人中的巨人”。

达·芬奇还是一名机械工程师，他制造了一种大型投石机，改良了大炮、攻城塔等军事机械。早在英国于一战期间发明坦克之前，他就设计出了一款“坦克车”。在达·芬奇的手稿中，这款木制坦克车呈圆锥形，外围一圈是十几门向外射击的炮台，底部有 4 个轮子。目前，这款坦克车的模型陈列在法国昂布瓦斯镇的达·芬奇博物馆，即使在今天都会让前来参观的游客惊叹不已。不仅如此，达·芬奇还为当时的统治者设计了城防工事——现代化的防御墙、庞大的城墙、壕沟和护城河系统。在艺术方面，他充分展现自己的天分，设计了十分美丽的豪宅和教堂，并创作了至今仍震撼全世界的杰作《蒙娜丽莎》《救世主》《岩间圣母》《三博士朝圣》和宏伟的壁画《最后的晚餐》等。

随着年龄的增长，达·芬奇对人体结构更加感兴趣。为了弄清楚人体的内部构造，他与其他学者一起解剖尸体。他绘制的人体解剖图所展现的细节和精确度，如今依然令人赞叹不已。他热衷于地质学，经常穿越意大利的山区，寻找各种矿物。他还是动物学家和植物学家，对鸟类的飞行方式进行了详细研究。空闲之时，他凭借自己在工程设计方面的想象力，设计出了很多机械，有些几乎立即被投入使用，有些则在他生活的那个年代和此后的几个世纪里都无法被制造出来。他开发了用于研究光线走向和声音传播的设备，设计了水坝、运河和桥梁的模型，还绘制了飞行器、降落伞和潜水艇的样稿。这位天才的手稿中，甚至还出现了一个自行车的设计草图。我们至今仍无法确定，这是他灵光乍现画的，还是后人添加的。不过，凭借达·芬奇的天才创造力，就算真的是他自己绘制的也并不令人意外。

1516 年，达·芬奇应法兰西国王弗朗索瓦一世邀请，移居法国昂布瓦斯镇，3 年后因病与世长辞，享年 67 岁，死后被安葬于当地皇家城堡的一个小教堂。然而，该教堂在 19 世纪初遭毁。据说，大约 70 年后，达·芬奇的遗体被发现，并被转移到了圣·于贝尔小教堂，这是人们专门为这位伟大人物建造的荣誉之地。

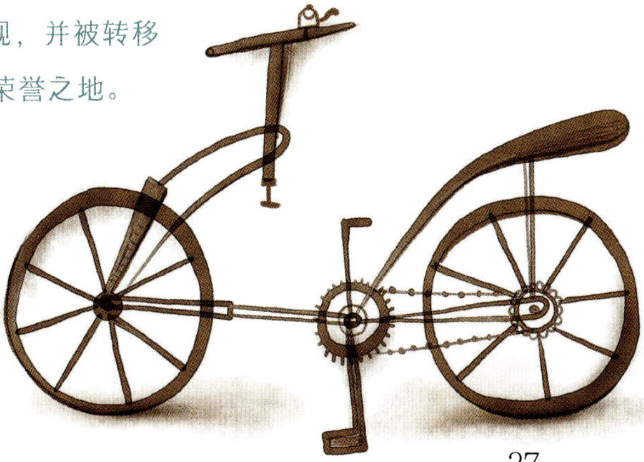

A
B
C

1
2
3
3
2
1

尼古拉·哥白尼

他不是一位职业的天文学家，但他提出的“日心说”更正了人们的宇宙观。

宇宙的中心是什么？这一问题吸引了许多古代哲学家和科学家的关注。几百年前，人们几乎一致地回答“当然是地球”。尽管在众口一词的时代里，偶尔能听到个别不同的声音——我们所在的这个星系的中心也许不是地球，而是太阳。但是，这种观点从未获得多少认可。直觉告诉人们，既然我们能看到太阳、月亮和其他行星在天空中移动，那么肯定是它们在围绕我们运行，而不是我们在围绕它们运行。科学家也曾怀疑过这一点，却找不到任何证据，因为古代的观测结果准确度太低，无法从中得出革命性的论断。

直到 15 世纪，事情发生了改变，不仅出现了更好的观测天体运行的设备，还诞生了一位非常勤奋、才华横溢和富有耐心的天文学家。他叫尼古拉·哥白尼，1473 年出生于今波兰中北部维斯瓦河畔的托伦市。他家境富裕，父亲既是一名议员，也是一个奔走于克拉科夫和格但斯克之间的商人，而母亲的亲友在教会中担任高级职务。不幸的是，哥白尼的父亲在他 10 岁时去世了，他被送到舅舅务卡施大主教家中抚养。在舅舅的帮助下，哥白尼先是就读于波兰南部城市的克拉科夫大学，后来又在意大利的博洛尼亚大学（世界大学之母）和帕多瓦大学（欧洲最古老的大学之一）攻读神学、法学和医学，同时也学习天文学和数学。回到波兰后，哥白尼在弗龙堡大教堂担任教士，需要给农民断案，处理收租、视察教堂农场等各种公务，但他也获得了足够保障生活的薪水。作为当时的一名神职人员，他没有妻子和孩子，一有空余时间就潜心研究不同的科学领域。他获得了教会法博士学位，还从事将希腊语翻译成拉丁语的翻译工作，同时也是一位医生。不过，哥白尼最为人知的身份无疑是天文学家。

哥白尼成年后一直都在观察天空。在博洛尼亚大学学习期间，他开始研究恒星，对当时已知的 6 个行星和月相的位置进行了首次观测。后来，他来到波兰的奥尔什丁城堡，在那里继续研究，并在城堡回廊宽大的墙壁上标记了太阳在全年中的移动情况。在此后的几十年中，他一直在弗劳恩堡（今弗龙堡）观测天空。同时，他坚持不懈地学习意大利同事撰写的关于古代哲学家的天文学论文，甚至学习遥远的波斯和阿拉伯国家的天文学家的论著。他根据自己测量的数据，亲手绘制了天体位置表，并尝试将结果纳入数学框架中。哥白尼在这些成果中得出的结论给他带来了不少麻烦。当时，教廷仍然宣称“地球位于宇宙的中心”，而作为一名虔诚的信徒，哥白尼起初是认可这一观点的。但当他通过精确的几何计算得出不同的结果时，他非常惊讶！白纸黑字写得很清楚，太阳位于星系中心，地球在围绕着太阳运行！

哥白尼很久都不想公布这一结论，或许他是在学生乔治·约阿希姆·雷蒂库斯的劝说下，才发表了自己的观察结果。那时，哥白尼已经 70 岁，是一位古稀老人了。雷蒂库斯意识到老师的这一发现十分重要，极力催促老师向公众公布。不久，哥白尼发表了“日心说”，因为他知道这一观点没有背离教会的信仰和教义，并非异端邪说，而是神的完美创造。对哥白尼来说，以太阳为中心的世界更完整，更符合逻辑，也更和谐。而且，他运用数学计算出来的宇宙结构与其他天文学家的观察结果完全一致。他在手稿扉页上用希腊语写的一句话，足以证明数学对他的重要性，他这样写道：“那些不懂几何的人不要踏足这里。”

雷蒂库斯亲手将哥白尼撰写的《运行论》手稿交给了当时在德国纽伦堡拥有最好印刷厂的出版商，他还将书名改成我们今天所熟知的《天体运行论》（或译《天球运行论》）。1543 年，哥白尼已重病缠身，但这部伟大著作终于出版了！据说，在他去世的前一天，第一本印刷出来的书送到了他的手中。

哥白尼不仅是一位天文学家，还是一位才华横溢的经济学家。他提出了著名的哥白尼－格雷沙姆定律：如果有两种货币在流通，一种是劣币，另一种是良币（例如黄金与白银），那么劣币就会驱逐良币。经济学家至今仍一直沿用这一定律。

水星
金星
地球
火星
木星
土星
天王星
海王星

伽利略·伽利雷

他改进了望远境，并利用它证明了哥白尼的“日心说”理论。他对天体的观测促成了现代天文学和物理学的诞生。

哥白尼去世 21 年之后，伽利略出生了。尽管《天体运行论》的发行量非常小，只有几百本，但“日心说”理论已经广为流传。然而，当时公开支持哥白尼理论的行为依然非常危险。意大利思想家布鲁诺因捍卫“日心说”，遭到天主教的迫害，被宗教裁判所定为异端，并最终于 1600 年在罗马鲜花广场被处以火刑。

年轻的伽利略对世界充满了好奇，他生活的时代正是欧洲文艺复兴时期，而他的祖国意大利又是文艺复兴的发源地。他出身于一个富裕的商人家庭，接受过音乐和科学的教育。虽然他没有音乐天赋，但他对声学、声音的传播机制和数学非常感兴趣。不过，出于对父亲的尊重，他最初选择了医学，并为此付出了几年时间，却没有结业。而伽利略的数学成绩非常突出，他带着极大的热情研究数学，取得了突出成绩，很快就成了帕多瓦大学的教授。但这份工作薪水微薄，那时的伽利略又刚刚成家，为了养育 3 个孩子，他非常需要钱。于是，他在他的工作室里为军队制造出了一种设备——一个带有量角器和直尺的特殊指南针，可用于火炮弹道计算和航海，想以此挣一些外快。可是，他还是在贫困中生活了 18 年，直到他成为托斯卡纳大公国的宫廷数学家和哲学家，他的生活才得到了改善。

作为一名数学家，伽利略除了做理论研究，还进行了几次重大实验。比如在广为人知的比萨斜塔实验中，他将两个不同重量的小球从斜塔上同时抛下，两个小球同时到达地面，因此他得出结论：物体下落的速度与它们的重量无关。这个观点有一个前提，就是不考虑物体下落时受到的空气阻力。实际上，伽利略发现了最重要的动力学定律之一——自由落体定律（还包括惯性定律和力学相对性原理）。在随后的几个世纪里，物理学家在此基础上创立了重要的物理学理论。伽利略还进行了钟摆实验，证明了钟摆返回原始位置的时间仅仅取决于钟表线的长度，为精密钟表的制造做出了巨大贡献。

这些经历只是伽利略在天文研究领域走出的第一步。或许在大学期间，他就接触到了哥白尼的著作，虽然当时大多受过教育的人都赞成亚里士多德的“地心说”，但他却相信这位波兰天文学家的理论。伽利略很有设计天赋，他决定利用一种刚刚在尼德兰（今荷兰）发明的新设备——望远镜，为“日心说”寻找令人信服的证据。望远镜能将远处的物体放大好几倍，让人仿佛近距离观察物体一样。伽利略改进了望远镜，实现了放大 30 倍的效果。他向威尼斯人赠送了一台望远镜，用于观察来往的船只，后来因被认为是望远镜的设计者而名声大振。不过，他并不是发明者，也不在乎这个称呼。不过，伽利略用望远镜进行的实际观测值得充分肯定：1609 年，他发现月球上的山脉，测算出了它们的高度；他观察到了太阳黑子；他发现恒星围绕其轴心旋转；他宣布照亮夜空的银河实际上是由许多恒星组成的巨大星群；1610 年，他发现了木星的 4 颗卫星；他还观察了金星的相位（金星所呈现的所有相位与月球十分相似），而对这种现象的唯一解释是金星必须环绕太阳运行！这就百分之百地证明了哥白尼理论的正确性。

伽利略的这些观察结果也得到了其他科学家的证实。当他的名声达到巅峰时，他与罗马教廷发生了冲突，因为教廷当时并不承认哥白尼的“日心说”。他遭到起诉，并被要求放弃关于地球绕太阳运行的主张。伽利略不想像布鲁诺那样被处以火刑，只好屈服了。走出法庭后，他跺了跺脚说：“地球仍在围绕太阳运行。”尽管保住了性命，他却不得不隐居在佛罗伦萨郊区的庄园里，直到去世。

在伽利略遭受软禁的时候，他既不能外出旅行，也不能拜访其他学者，这反而给他带来极大的快乐。由于那些学者不愿意与这位天文学家断绝来往，于是纷纷前来看望。因此，伽利略在佛罗伦萨郊区的家几年间就变成了杰出的学者和哲学家的聚会之地，这些人中甚至还有来自波兰瓦萨王朝的王子（后来成为波兰国王瓦迪斯瓦夫四世）。

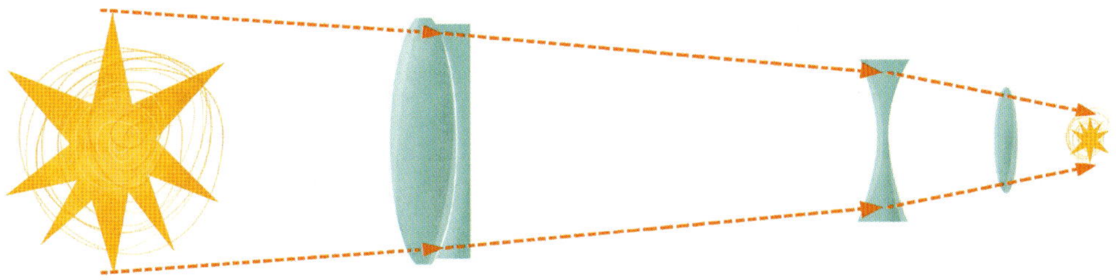

艾萨克·牛顿

他是力学之父，提出了动力学的基本原理和万有引力定律，奠定了此后三个世纪里物理世界的基本科学观点。

牛顿在给英国科学家罗伯特·胡克的信中这样写道：“如果我比别人看得更远，那是因为我站在巨人的肩膀上。”他与这位博学多才的同学曾就与光学有关的科学问题争论过。这句话非常形象地展现了牛顿的性格：他非常自信，同时又在前辈们的伟大成就面前表现得很谦虚。实际上，牛顿充分借鉴了哥白尼、伽利略、开普勒（提出了行星运动三大定律）、笛卡尔（首次明确提出了动量守恒定律）以及惠更斯（阐明了许多动力学概念和规律，是经典力学的先驱）等前辈们的重要发现。他认为自己是他们的继承人，还觉得自己出生在伽利略去世的后一年具有重大的象征意义。

牛顿出生于英国林肯郡乡下的伍尔索普村，他从小就渴望学习。他非常感谢自己的外祖母，是外祖母让他能在一所知名中学读书。1661年，他凭借优异的成绩轻松进入了剑桥大学三一学院，这是英国的最高学府之一。大学毕业后，他无法留校，因为那时暴发了一场大瘟疫，所有学术人员不得不离开。他非常失望，不过在被迫休假期间，他并没有停止研究，在家里度过的两年时间反倒成为他科学生涯中最有成就的辉煌时期。

在远离剑桥的日子里，牛顿一直在研究复杂的数学问题，并对周围的世界进行详细观察。有一次，他看着结满苹果的果树，心想为什么苹果总会垂直落在地上，而不是掉在侧面或飞上天去。据说，在牛顿提出这个问题时，他正好被一个掉落的苹果砸中了头。事实是否如此，我们并不清楚。但毫无疑问的是，他发现了自然界最重要的定律之一——万有引力定律。这一定律表明，苹果是在重力的作用下落向地面，而物体从空中往下掉，真正的原因是地心引力的作用。实际上，苹果对地球也有引力，而且双方的引力大小相等，但为什么是苹果落向地球，而不是相反呢？这是因为地球的质量远比苹果的质量大得多，惯性也大得多，地球的运动状态相对于苹果来说很难改变，结果就毫不奇怪了。

然而，牛顿在这一发现中看到了更多的东西。别忘了，他是站在巨人的肩膀上看的！他发现的定律是关于整个行星、恒星、卫星、彗星和小行星的引力定律，解释了整个星系的运动。几个世纪以来，万有引力定律被证明是描述宇宙结构和自然界现象的最重要的定律之一（一直到爱因斯坦所处的时代，科学家发现了新理论，牛顿的理论地位才逐渐有所下降），也是他最终证明了哥白尼理论的正确性。

剑桥的大瘟疫过去之后，牛顿回到了学者们中间。他还想深入了解光的性质。1666 年初，在一次实验中，他将一束阳光打在一个玻璃三棱镜上面，惊奇地发现了光的色散现象。他看到了一个彩色光斑，颜色按照红、橙、黄、绿、蓝、靛、紫的顺序排列，牛顿称其为光谱。当牛顿让这些彩色的光进入另一个三棱镜时，它们又融合在一起，形成了白光。这位天才科学家意识到，白光实际上是由不同颜色的光组成的，于是他开始研究光的性质。他进行了无数次实验，最后得出结论：光是一群以极快的速度飞驰的粒子，而这种粒子伴随着某种波浪式的运动。当时，这种描述很难被人理解，但对今天的科学家而言，他们早已验证了光的“波粒二象性”——光不但有波动性，也有粒子性。

1687 年，牛顿在《自然哲学的数学原理》一书中提出了动力学三大运动定律，纠正了延续 2000 多年的亚里士多德等人关于力的概念的错误观点，奠定了经典力学的基础。而牛顿和德国哲学家、数学家威廉·莱布尼茨共同创立的微积分，成为天体力学的数学基础，使人们对日、月、星辰的运行规律有了更加准确的了解。

牛顿在非常年轻的时候就有了重大的科学发现，那时他还不到 30 岁。他还改进了伽利略的望远镜，于 1671 年发明了反射望远镜，将球面反射镜作为主镜。如今，这种构造的望远镜仍被广泛使用。他对科学的贡献如此巨大，为了纪念他，人们将国际单位制中力的单位命名为牛顿，符号为 N。

亚历山大·冯·洪堡

他是世界上最早的地理学家和自然科学家之一，与李特尔同为近代地理学的主要创建人。他向人们展示了自然界的复杂性以及各种自然现象之间的相互联系。

地球长什么样？为什么世界的一个地方有暖洋流，而另一个地方却有冷洋流？为什么南美洲和非洲的海岸看起来像可以拼凑起来的拼图？地球上的岩石是从哪里来的？为什么火山会喷发？哪类鸟儿住在高山之巅……洪堡的脑海中浮现着这么多问题，他一直在等待时机踏上探索之旅，以便找到答案。

1769 年，洪堡出生于德国柏林一个富裕的军人家庭（他的教父腓特烈·威廉二世后来成为国王），他从小就渴望学习知识，家里还为他聘请了最好的私人教师。在就读于德国萨克森州弗赖贝格矿业学院（今弗赖贝格工业大学）期间，洪堡结识了一个朋友，他曾参加过英国航海家詹姆斯·库克船长指挥的一次伟大的远洋探险之旅。正是这个朋友所描述的那些遥远国家的奇迹和难以解释的自然现象，点燃了洪堡环球旅行的梦想。1790 年，机会终于来了。他第一次踏上环游欧洲的探险之旅，访问了比利时、荷兰、法国和英国。他对岩石和矿井特别感兴趣。一年后，他又考察了波兰克拉科夫市附近的维利奇卡盐矿，为自己所看见的一切感到兴奋，但同时又觉得迷茫，因为这与老师传授给他的知识并不相符。

当时，洪堡在弗赖贝格矿业学院的老师维尔纳与很多科学家一样，认为在地球生成初期，整个地表被无边无尽的原始海洋覆盖，溶解在其中的矿物质通过结晶作用逐渐形成了岩石，正如人们在山上看到的层层叠叠的岩石那样。这种观点表明地球上的一切岩石都是在水中沉积形成的，被称为“水成论”。

深受老师的影响，洪堡原本是“水成论”的坚定支持者。然而，随着参与野外考察的次数越来越多，洪堡发现越来越多的证据支持另一种论点——“火成论”。火成作用是主要的地质作用，陆地上的花岗岩和玄武岩都是由火山喷发的岩浆形成的；而水成作用也是一种重要的地质作用，地表物质受到水的侵蚀流向海洋并沉积下来形成岩石，水面下降，岩石露出海面以后就变成了陆地。因此，地壳不是固定不变的，它处于我们难以用肉眼看到的缓慢变化过程中，地球上的有些区域在升高，有些区域则在缓慢消失。

1799年，洪堡开始了历时5年的美洲探索之旅，最终证明了自己的想法是正确的。其间，他考察了今天的委内瑞拉、古巴、厄瓜多尔、秘鲁以及墨西哥，收集热带植物标本，观察火山喷发和地震，研究南美洲第三大河奥里诺科河里的鳗鱼，并每天记录那里的天气变化，比如气压、气温、降水量以及他航行过的河流和海洋的温度。在此过程中，他发现了世界上著名的洋流“秘鲁寒流”，这是南极洲北部的西风漂流在南美洲西部海岸转向北而形成的冷流，旧称“洪堡洋流”。他沿着委内瑞拉的河流旅行，发现了一条连接奥里诺科河与亚马孙河的通道。在厄瓜多尔，他登上了当时被认为是世界最高峰的钦博拉索山，实际上它的海拔只有6310米，但那时人们还不知道比它高2500多米的珠穆朗玛峰。洪堡还用非常精确的指南针来研究地球的自然磁场，成为第一个发现磁赤道位置的人，并记录了有史以来的第一次地磁暴。此后，他一直研究地球磁场，直到90岁去世。根据这些记录，后来一位英国科学家发现，地磁暴每11年发生一次，与太阳活动周期大致相同。

洪堡的研究促进了许多科学领域的发展，包括地理学、地质学、生态学、地球物理学、气象学、生物学等。他如此写道：“我一直想了解大自然，将其看作一个整体。大自然的各个分支有着永恒、无形的联系。大自然的所有力量交织在一起，相互影响。”

在秘鲁的浅层钟乳石洞探险时，洪堡发现钟乳石底部有一层厚厚的鸟粪化石。他进行了取样，将样品送到实验室进行检测。结果证明，样品中含有大量磷酸盐，这是许多植物生长所需的养分。从那时起，秘鲁开始大规模地挖掘鸟粪，将其出口到全世界。远在欧洲的农民成了购买秘鲁鸟粪的主要客户，撒在田间的数百万吨鸟粪使他们获得了更好的收成！

4500
4000
3500
3000
2500
2000
1500
1000
500

查尔斯·达尔文

进化论是关于物种起源的一种假说，而他是公认的进化论的奠基人和集大成者。

大约160年前，当达尔文出版了他有史以来最重要的著作《物种起源》时，地理大发现的时代已经结束，行星运动和物质结构的难题似乎得到了解决，蒸汽机的发明引发了工业革命……结果，达尔文突然站出来，小心翼翼地告诉人们，其实我们对大自然几乎一无所知！

达尔文出身于英国一个富有的地主家庭，家里有医生、诗人和牧师。不过，这位科学家小时候却有点儿厌学。他回忆说，自己在学校度过的时光简直就像一场噩梦，在那里他要学习拉丁语和希腊语，这遏制了他对大自然的渴望。但严厉的父亲无法容忍家里出现一个无知的人，于是说服儿子去大学学习医学，结果两年后达尔文就放弃了。他说："在我看来，与阅读相比，听课没有太多益处，甚至会带来一些危害。"达尔文十分喜欢阅读，他尤其对生物学和地质学感兴趣。然而，他的父亲又尝试了一次，让儿子去攻读神学专业。毕业后，达尔文却登上了一艘船，去周游世界了！

22岁时，达尔文以博物学家的身份搭乘海军勘探船"贝格尔号"，开始了环游世界的科考航行。其间，他从不放过任何一个上岸的机会，进行实地调查。因此，他设法在太平洋东部加拉帕戈斯群岛的多个岛屿上度过了一个多月。在那里，他对当地的一种燕雀属的小型雀类——苍头燕雀产生了兴趣。起初，达尔文并没有发现它们有什么特别之处，很久之后（当时他已回到伦敦），他把自己的笔记本和带回来的标本交给了一位鸟类学家朋友。这位鸟类学家发现，来自不同岛屿的燕雀在外形上差异不大，但它们的喙和头部形状及大小都不太一样，个头也不尽相同。那时，达尔文意识到，群岛中不同岛屿的生活环境是不同的，因此燕雀（这种鸟也被称为"达尔文雀"）必须去适应不同的生存条件。当然，这个适应过程是非常缓慢的。经过思考，达尔文发现了一个极其重要的自然法则，即在环境压力的影响下，物种发生了变化，后来他把这种变化称为进化。

19 世纪，当提到生命起源的问题时，人们普遍相信神创论，也有不少人倾向于不可知论。因此，对当时的人而言，物种进化的理论是难以理解的，也是无法接受的。达尔文顾虑重重，害怕公开自己的研究结果后会遭到嘲笑或引发众怒，以至于他将《物种起源》一书的手稿藏在抽屉里长达 20 年之久。

达尔文的著作终于出版后，起初也并未得到任何反响。然而，随着时间的推移，当人们了解到进化论对我们认识物种的变化和世界的历史造成了巨大影响时，很多人开始质疑甚至攻击达尔文。在《物种起源》的最后一章中，达尔文思考了人的问题：人应该在自然界中保持一个独立的位置，还是应该与其他哺乳类动物相提并论？或者说智人是否也受制于进化？如果是后者，那么人是谁的后代？人是如何进化的？达尔文认为，在生物分类学的意义上不应把人放在独特的位置上，而他在另一部著作《人类的由来》中则论证了人是由类人猿进化而来的。

今天，越来越多的人接受了进化论的假说，而进化论的思想也早已渗透到了自然科学的各个领域。尽管在当下的科学研究中，进化论的确存在不少先天缺陷，比如遗传学、开花植物的起源和不完美的地质记录等问题，但仍无法动摇这一假说的科学地位。

1882 年 4 月 19 日，达尔文因病逝世，享年 73 岁。人们把他的遗体安葬在威斯敏斯特教堂，将他的墓与牛顿的墓并排安放，以纪念这位科学家在生物学、博物学等领域做出的巨大贡献。

詹姆斯·沃森、弗朗西斯·克里克、罗莎琳德·富兰克林和莫里斯·威尔金斯

1953 年，沃森和克里克共同发现了世界上最重要的生物分子之一——脱氧核糖核酸（DNA）的双螺旋结构，而罗莎琳德和威尔金斯拍摄的 DNA 晶体衍射图片及记录的相关数据，为前者的发现提供了必不可少的线索。

达尔文给世界留下了一个伟大的假说，但也留下了很多问题。当进化论被广泛接受之后，科学家们就开始绞尽脑汁，想了解生物各种性状的遗传机制。为什么达尔文雀一代代都有相似的喙呢？为什么人类的孩子拥有从父母那里遗传来的多种混合特征呢？直到 20 世纪中叶，科学家才开始在人体细胞内部寻找可以存储信息的生物分子，而这些信息会世代遗传下去。伦琴发明的 X 射线对这一研究起了巨大的推动作用。X 射线不仅很容易穿透人体，在底片上留下精确的骨骼图案，还具有一个非同寻常的特质——当它通过晶体时会产生衍射现象，并在底片上形成许多对称分布的明亮的衍射斑点（有点儿类似于在万花筒中看到的图案）。因此，科学家可以利用X射线衍射来测定晶体结构。

1951 年，天才晶体学家罗莎琳德·富兰克林开始在伦敦国王学院开展研究工作，她与来自新西兰的新同事威尔金斯一起分析了脱氧核糖核酸（英文 DeoxyriboNucleic Acid，缩写为 DNA）的分子结构。DNA 存在于生物体的细胞中，里面带有生物体发育和正常运作必不可少的遗传信息。罗莎琳德和威尔金斯一起拍摄了 DNA 晶体衍射图片，想看到 DNA 的分子结构。遗憾的是，两人在实验室里的合作并不融洽，他们争论不休，工作进展缓慢。

当然，DNA 的分子结构极其复杂，难以被破译。那时，来自世界各地的多个研究团队都在努力解开这个谜题。在剑桥大学工作的两位生物学家——来自美国的沃森和来自英国的克里克一起合作研究 DNA 分子的晶体结构。他们建立了以球为原子的大型空间模型，但随后发现

所有设想都是错误的。他们需要非常精确的 DNA 晶体衍射图，于是找到了罗莎琳德和威尔金斯的研究数据。“我看了一眼他们的 DNA 晶体衍射图，我惊讶极了，心跳开始加速。因为在那一瞬间，我明白了 DNA 的分子结构是什么样子的！”沃森后来回忆说。实际上，他又花了将近两个月的时间，与克里克一起做了很多实验，证明了他们的假设。最终，他们成功了！

实际上，DNA 的分子结构就像一个长链状的螺旋形梯子，而数学家将这样的形状称为双螺旋结构。在 DNA 双螺旋结构的内侧有 4 个小分子，化学家用 4 个字母 A（腺嘌呤）、G（鸟嘌呤）、T（胸腺嘧啶）、C（胞嘧啶）来代表它们。实验证明，正是这 4 个小分子的排列顺序构成了遗传信息，其中包含了我们的心脏、肝脏、骨骼等身体部位如何发育，以及我们的眼睛、头发和皮肤是什么颜色的“指令”。

1953 年 4 月 25 日，英国《自然》杂志同时发表了 3 篇论文：首先是沃森与克里克的文章，他们将 DNA 的分子结构描述为双螺旋结构，并表示受到了罗莎琳德、威尔金斯等人的启发；其次是威尔金斯与人合写的文章；最后是罗莎琳德与同事雷蒙 · 葛斯林共同发表的文章。威尔金斯和罗莎琳德分别在论文中说明了他们如何对 DNA 进行 X 射线的测量，并表示自己的数据与沃森和克里克的模型相符。他们共同的研究成果立即被公认为有史以来最重要的科学成就之一，揭开了人类生命最深的奥秘。为了表彰他们的杰出贡献，沃森、克里克和威尔金斯于 1962 年荣获诺贝尔生理学或医学奖。遗憾的是，罗莎琳德没有等到获奖的这一天，她已在 1958 年与世长辞。

DNA 分子结构的发现者与二战期间的大多数科学家一样，几乎都被征召入伍，发明过军事武器。其中，克里克曾负责建造雷达，研制了磁性水雷和感音水雷；威尔金斯改进了雷达屏幕，参与了原子弹的设计；而罗莎琳德研制出了当时最好的防毒面具，还开发了合成汽油并投入生产。只有沃森没有从军，因为二战爆发时他只有 11 岁。

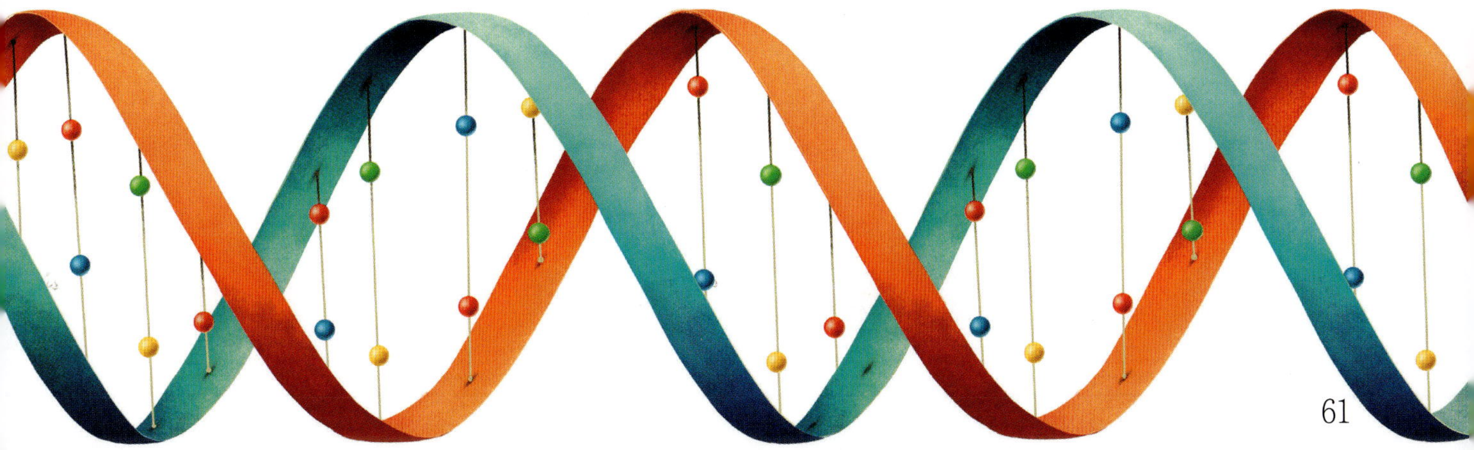

戴安·弗西、珍妮·古道尔和比鲁特·加尔迪卡斯

这3位勇敢的女性对大猩猩、黑猩猩和红毛猩猩的野外考察，使得人类对类人猿的研究不断深入。

她们被称为“利基的天使”，而利基就是著名的英国考古学家和人类学家路易斯·利基（我们后面会再谈到他）。除了进行科学研究之外，他还非常热衷于支持和帮助其他科学家。正是他建议弗西去研究山地大猩猩，说服古道尔去研究黑猩猩，帮助加尔迪卡斯去研究红毛猩猩。在弗西、古道尔和加尔迪卡斯冒险进入非洲和亚洲的丛林观察猩猩之前，我们对这些动物（按照进化论的假说，它们是人类的近亲）的了解仅仅来自动物园。当然，被关在动物园里的动物跟生活在大自然中的动物的行为表现肯定是不一样的。

当弗西攻读博士学位时，她一直想离开家乡美国旧金山，去寻找一个有趣的研究课题。她才华横溢，精力旺盛。1963年，在利基的建议下，31岁的她前往刚果（今刚果民主共和国）观察大猩猩。几个月后，弗西又去到邻国卢旺达，在北部的维龙加山脉建立了观察站，在那里一直待了近20年。由于她坚持不懈的努力，彻底改变了人们对大猩猩的认知。“刚到卢旺达时，有人向我推销用大猩猩的爪子制成的烟灰缸。”她在回忆录中写道。弗西对大猩猩的态度不同于常人，她不仅跟它们一起在山上徒步旅行，甚至还邀请它们到自己家里。为此，她了解了大猩猩的社会结构是什么样的，她在大猩猩生命中最重要的时刻跟它们一起居住，而这些动物们也毫无保留地接受了她。弗西不仅积极呼吁保护大猩猩，让它们免遭偷猎者的攻击，还特别提出要保护它们生活的森林，防止过度开发等。不幸的是，1985年12月27日，她的遗体在维龙加山脉营地边缘的小屋里被发现，偷猎者残忍地杀害了她。

古道尔似乎从小就知道，她长大后会去非洲丛林里研究动物。也许她的选择源于从父亲那里收到的礼物——一个带有大猴子的音乐盒。因为家里穷，古道尔没上过大学。1957年，她

离开故乡英国伦敦，前往肯尼亚，在那里遇到了利基。利基感受到古道尔的巨大热情，于是帮助并鼓励她去坦桑尼亚的山地森林，对黑猩猩进行实地研究。古道尔创立了一种独特的研究方法：为了了解黑猩猩的生活习性，她进入它们的环境当中，与它们一起生活。“开始的时候，它们都很害怕我。我拿香蕉吸引它们，结果只有一只胆大的黑猩猩吃了我的香蕉。后来，其他一些黑猩猩也一个个地吃了我的香蕉。于是，它们对我这样的‘白猴子’也产生了好奇心。”古道尔这样描述道。

古道尔对黑猩猩的家庭和社交生活进行了研究，比如它们怎样建立友谊，怎样解决纠纷。她还观察到黑猩猩天性中黑暗的一面——打架、侵略甚至杀戮。然而，她最大的发现是看到一只黑猩猩用树枝做了一个工具，并用这个工具在蚁巢中抓取有营养的白蚁来吃。这一发现打破了长久以来“只有人类才会制造工具”的观点。她立即给利基发了一份电报，利基很快以极大的热情回复了她：“现在我们必须重新定义工具，重新定义人类，否则就得承认黑猩猩就是人类！”如今，古道尔仍在积极致力于保护黑猩猩和它们所生存的自然环境，并参与人道主义活动，改善世界上最贫穷地区人们的生活状况。

加尔迪卡斯是一位生于德国的人类学家，她于1966年在美国洛杉矶上大学时遇到了利基。她对亚洲的红毛猩猩感兴趣，而利基则对非洲的猩猩感兴趣。不过，加尔迪卡斯充沛的精力和渊博的知识给他留下了非常深刻的印象。于是，在利基的帮助下，她获得了美国国家地理学会的资助，得以在加里曼丹岛建立一个科研工作站，并将其命名为“利基营地”。从1971年开始，她在那里对哺乳动物进行了长时间不间断的科学研究。由于她卓越的科研成果，我们不仅了解了红毛猩猩的社会结构是什么样子的，以及它们的习性、智力等情况，还了解到它们生存的自然环境正在严重退化。加尔迪卡斯为拯救这种将要灭绝的珍贵猿类动物做出了重要的贡献。

20年后，当弗西回到卢旺达时，她惊奇地发现那些与她相处过的大猩猩仍然记得她。1983年，她出版了著作《迷雾中的大猩猩》，这本书在5年之后被改编成电影，搬上银幕。扮演弗西的美国演员西格妮·韦弗为拍摄这部电影，还与大猩猩们一起生活了半年时间。

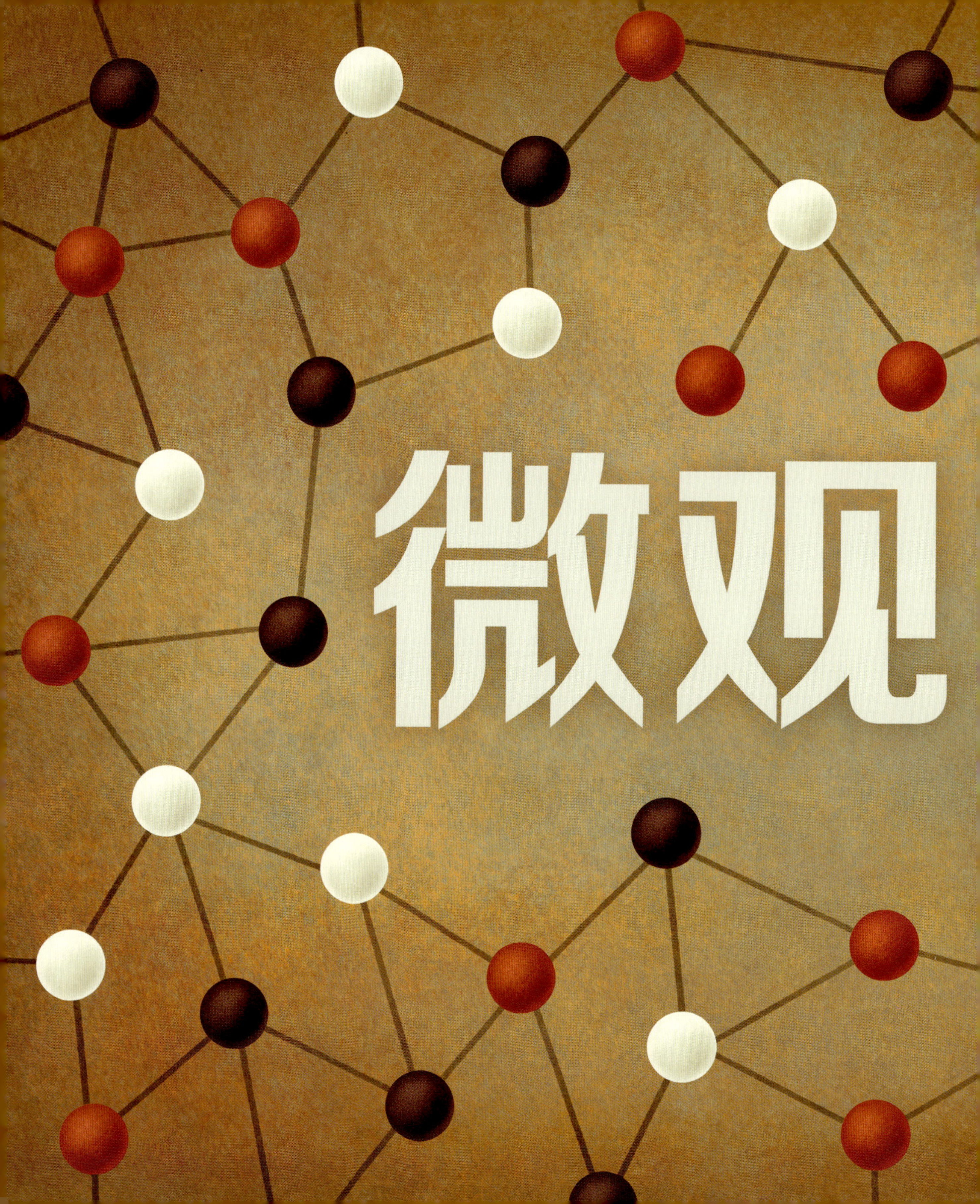
微观

世界

德谟克利特

他是古希腊著名哲学家，认为“万物由原子构成”，是原子唯物论学说的创始人之一。

德谟克利特曾经这样说道：“如果你将一块石头扔到另一块石头上，它一定会裂成碎块，如果你再用力击打这些碎块，又可以将它们击打成更小的碎块，每一个小碎块还可以被击打成沙粒，而这些沙粒甚至可以变成更细更小的灰尘。直到最后，这些石头变成了极细小的颗粒，直至它们无法再被分解。”他把这种微小粒子称为“atom”（原子），即“不可分割”之意。

古希腊的哲学家们喜欢做各种思想实验。他们待在学校里，坐在棕榈树或橄榄树的树荫下，在温暖舒适的环境和开放的科学氛围中讨论问题。他们喜欢思考世界的本质：它是如何构建的？它是由什么组成的？它的各个组成部分之间的区别是什么？用什么样的方法可以认识它？那时的哲学家们没有今天大学里那些带有精密仪器的实验室，他们得出的结论不是通过各种实验，而是通过深入和缜密的思考。他们甚至认为这种获取知识的方法——通过逻辑思维而不是实验——更好，更纯粹，也更可信。

德谟克利特是这种认知方式的先驱。他出身于古希腊北部阿布德拉城一个富裕的家庭，因此有条件游历当时最具影响力的科学文化中心，跟雅典的科学家、埃及知识渊博的祭司以及巴比伦的占星家学习。据史料记载，他还可能去过印度，在那里学习哲学。十几年后，当德谟克利特回到家乡时，他可能是当时世界上受教育程度最高的人了。

德谟克利特在观察世界并对其本质进行推理之后，得出了物质是由原子组成的这一结论。这种原子是一种最小的、不可分割的粒子，一直存在于宇宙之中。这些原子在不断运动，时而绕过别的原子，时而互相碰撞，但它们太小了，我们无法用肉眼看到！德谟克利特认为，原子有很多不同种类，各种原子没有质的区别，但像橄榄油、水、葡萄酒等不同物体的原子是不一样的，它们的形状和大小都有差异。今天，科学家会对他的理论稍微做一点儿修正：物质是由原子的集合——分子构成的，而构成物质最小的单位是夸克。

德谟克利特和他同时代的科学家（他们生活在2000多年前，有时很难区分哪位科学家撰写了哪部著作）都认为，在固体、液体和气体中，原子之间的距离是不同的。现在，科学家也会同意这一点，因为气体中的原子确实比固体中的原子松散得多。古代科学家还认为，存在好的和友善的特殊原子，也存在坏的和令人讨厌的独立原子——这些原子的末端有弯曲的钩状物，会拉扯我们的身体。虽然这些理论在今天听起来非常神奇，但德谟克利特的原子唯物论已经存在了2000多年，而"原子不可分割"的说法直到20世纪才被科学家证伪。无论如何，德谟克利特关于理性、逻辑思维和从观察自然中得出结论的方法至今仍然被使用。

德谟克利特认为，我们生活的目的是灵魂的安宁，这是真正的幸福和快乐，而一味追求物质方面的幸福和快乐无疑是虚假的，前者是崇高且永恒的，后者是低级且短暂的。为了实现这个目标，他认为，要学会理性地看待世界，对所有事情有所节制，学会区分善恶，并遵循应有的道德准则。他非常乐观，也感觉自己的生活非常幸福，因此被称为"微笑的哲学家"。

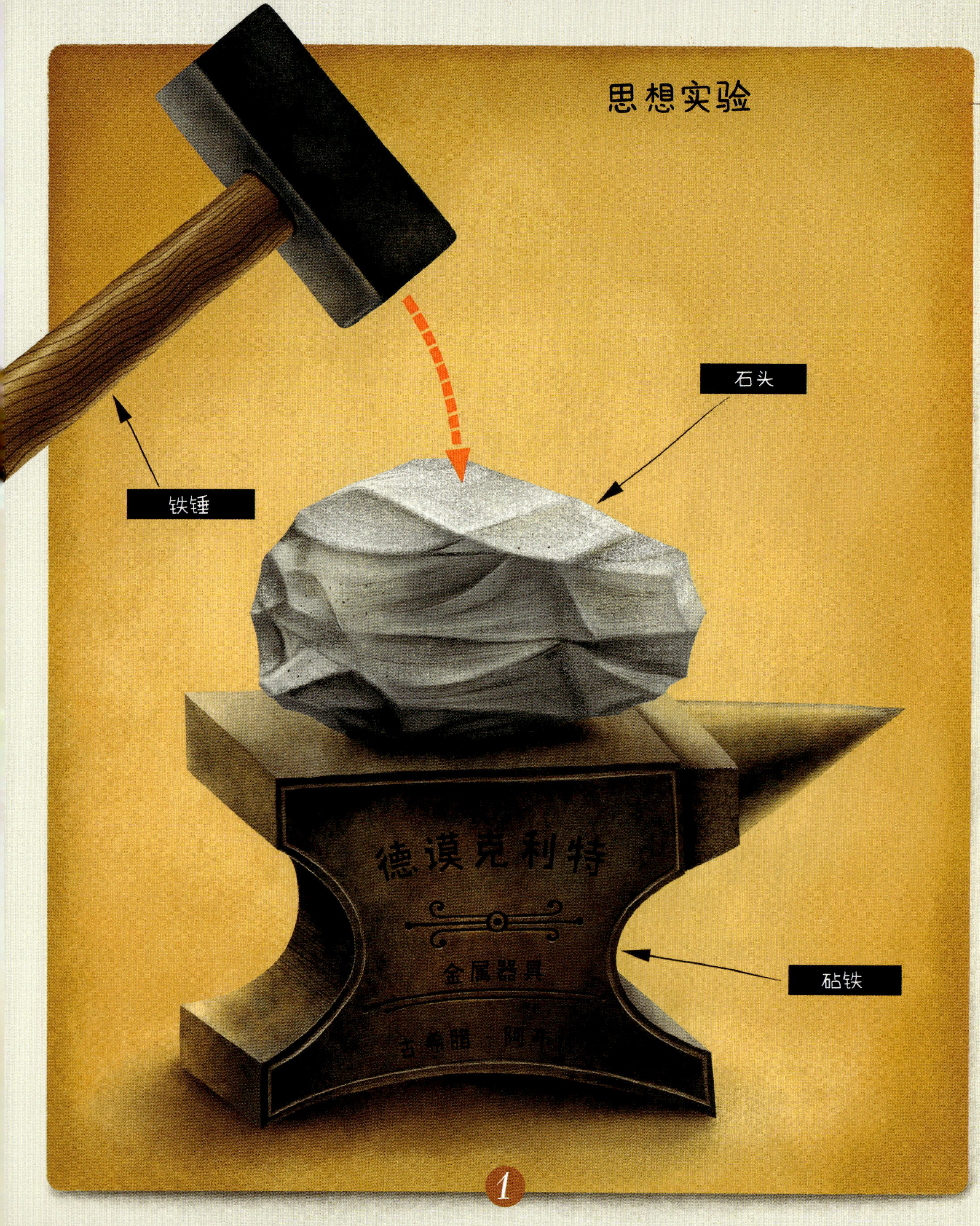
思想实验
石头
铁锤
德谟克利特
金属器具
古希腊·阿布
砧铁
1

原子
铛!
德谟克利特
金屬器具
古希腊 · 阿布德

约翰·道尔顿

他是测定原子量的第一人，发表了第一张原子量表。

与德谟克利特不同，道尔顿出身于一个贫穷家庭。他的家乡在英国北部的一个小村落，父亲是一名纺织工，母亲靠卖纸和羽毛笔为生。幸运的是，由于父母是虔诚的贵格会信徒，道尔顿得以进入当地的教会小学学习，他聪明好学，很受老师的器重。1778年，12岁的道尔顿接替了一位退休教师的职位，在学校里任教。3年后，他前往肯德尔镇，在表兄办的一所学校里担任教员，并结识了盲人哲学家约翰·高夫。在高夫的指导下，道尔顿不仅精通了拉丁文，学习了希腊文、法文以及数学、自然科学、哲学等方面的知识，还学会了记录气象日记。1785年，年仅19岁的道尔顿成为学校负责人之一，与表兄一起管理学校。

相比德谟克利特周游列国，道尔顿没有四处旅行的经历。他的家距离学校70千米，他在英国各地旅行过几次，曾经去过法国巴黎，这也是他一生中唯一一次出国，因为巴黎是当时世界上最重要的科学中心之一。他与德谟克利特的生活方式也迥然不同，他过着极其简朴的生活，大半生都与朋友租住在一起。他是一个热衷于实验的人，并相信通过实验得出的结论，而古希腊哲学家对这种实验方式的兴趣远远不及他们崇尚的纯粹的逻辑推理。尽管与德谟克利特有许多不同之处，但这位古希腊哲学家的理论对道尔顿产生了极大影响。他从小就对德谟克利特提出的原子论非常感兴趣，并想以自己的方式来验证和发展这一理论。

然而，道尔顿在21岁时进入一个完全不同的科学领域——气象学，开始了作为科学家的职业生涯。他每天都在离家不远的地方观测天气，记录天气的变化。他对这项工作非常认真，坚持了57年从未间断，全部的观测记录超过20万条！基于此，他证实了空气循环的理论（暖空气上升，冷空气下沉），以及这种现象如何导致了风的形成。这一点尤其重要，因为当时的船只是以风为动力的，那时他的祖国英国与世界上许多国家都有海上贸易往来。同时，1792年，他还以自己和弟弟为研究对象，撰写了一篇里程碑式的医学论文——《论色盲》，这也是人类历史上第一篇正式研究色盲现象的论文！他和弟弟两人都有视觉障碍，无法分辨红色和绿色。后来，医学界把色盲称为“道尔顿症”。

不过，道尔顿最重要的科学发现在化学领域。他清楚地记得德谟克利特的原子理论，决定使用当时比较先进的实验设备来进行验证。他研究了由单个元素的原子组成的化合物，还研究了这些化合物的反向反应——由化合物分解成原子的过程。在此基础上，他得出结论：化学元素由不可再分的微粒构成，这种微粒被称为原子，而原子在一切化学变化中是不可再分的最小单位。他还注意到，同一元素的原子质量和性质都相同，不同元素的原子质量和性质各不相同。19 世纪初，道尔顿发表了自己研究化学元素的成果，他不仅发现了 20 种化学元素（目前已知 118 种），堪称化学史上的一大突破，还提出了倍比定律，即不同的元素进行化合时，这些元素的原子会按照简单的整数比结合成化合物。

然而，道尔顿在这个问题上反驳了古希腊人的观点。古希腊人认为，我们每天呼吸的空气是一种元素。他发现，空气不是一种元素，也不是一种单一化合物，而是像许多人假设的那样，空气是由几种不同气体组成的混合物。今天，我们知道空气中大部分是氮气，赋予生命的氧气的含量约占 21%，还有含量不到 1% 的其他气体，例如水蒸气、二氧化碳和所谓的稀有气体。

尽管道尔顿不是那种喜欢旅行的人，但由于科学研究的需要，他会经常外出进行实地考察，曾多次独自一人穿越英国西北部的美丽山区。然而，他无暇欣赏大自然的美丽风光，而是专注于测量随着海拔高度变化而发生的大气压力的变化。这项研究对他在气象学上所做的贡献（比如提出了气体分压定律）起了极大的作用。

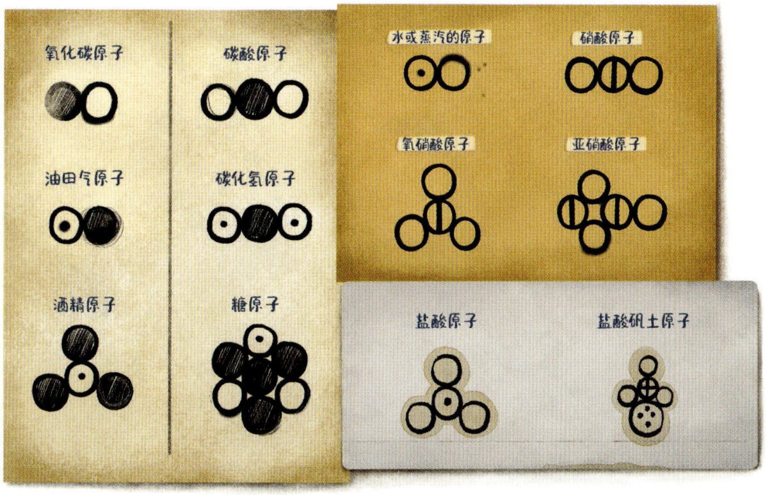

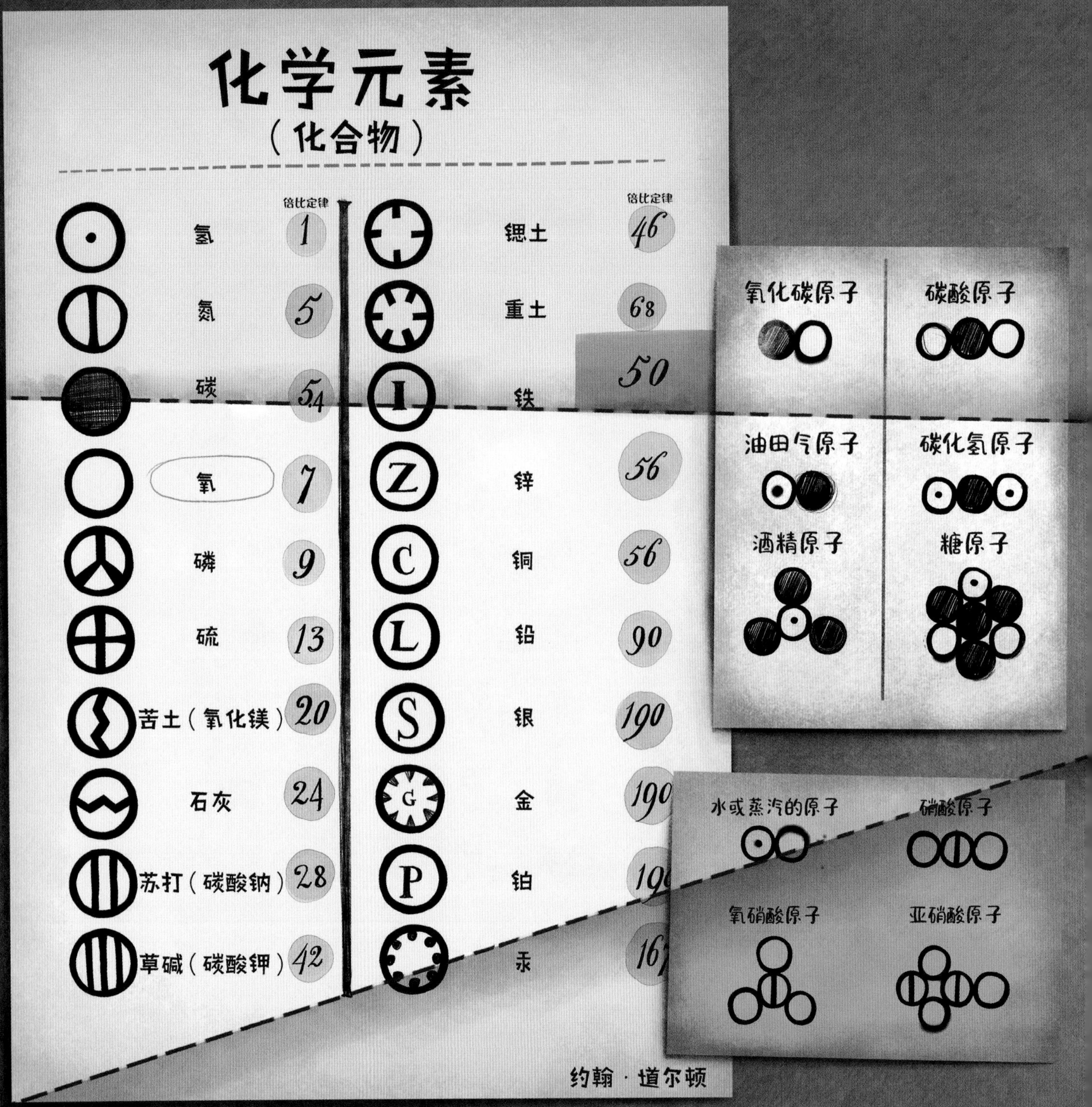
化学元素
（化合物）
倍比定律
氢 1
氮 5
碳 54
氧 7
磷 9
硫 13
苦土（氧化镁）20
石灰 24
苏打（碳酸钠）28
草碱（碳酸钾）42
倍比定律
锶土 46
重土 68
铁 50
锌 56
铜 56
铅 90
银 190
金 190
铂 19
汞 16
氧化碳原子
碳酸原子
油田气原子
碳化氢原子
酒精原子
糖原子
水或蒸汽的原子
硝酸原子
氧硝酸原子
亚硝酸原子
约翰·道尔顿

1000
500
100
0

安托万-洛朗·拉瓦锡

他被誉为“现代化学之父”，首次拟订了化合物的合理命名法，并推翻了此前最流行的“燃素说”，在实验基础上明确定义元素这一概念。

在拉瓦锡开始踏入科研领域之前，化学很难被定义为一门学科。那时，化学并不基于实验观察（这是当今科学的特征），而是在迷信、假设和悠久传统的基础上发展起来的。在这类化学书籍中，各种解释不仅混乱，而且晦涩难懂，几乎没有人能完全了解其中的内容，甚至连作者都说不清楚他们所写的东西。这些书更类似于占星术、占卜和魔术。当时，炼金术士被称为化学家，他们相信嬗变，即用一种名为“哲学家之石”（当然这种石头根本不存在）的神秘物质将一种金属转化为另一种金属（最好是转化成黄金）。事实证明，深入探索化学太困难了，这一学科最初也有点儿不走运，因为那些聪明、勇敢和博学的人没怎么涉及这个领域。当化学的姊妹学科物理学和数学在17世纪初取得长足进步时，化学家们仍然相信一些旧理论，比如“燃素说”（认为可燃物质中存在着一种名为“燃素”的神秘成分）。有谁相信，如果不是一位大胆的律师对科学感兴趣，破除了这些炼金术士的迷信，我们还不知道要在这条错误的道路上走多少年呢。

拉瓦锡出身于一个非常富有的家庭。他的父亲在法国最高法院工作，这让他可以进入最好的法律学校接受教育。拉瓦锡对科学的兴趣主要得益于父母的朋友，正是他们带着他去听化学讲座，到法国各地进行地质科学考察。年轻的拉瓦锡对现代技术十分着迷，他还参加了一次竞赛，提出了一种为巴黎街道照明的新方法。他没有赢得比赛，却收获了一枚皇家金质奖章，这为他成为皇家科学院的成员铺平了道路。此时，他早已在全力以赴地进行科学研究。

拉瓦锡对燃烧非常感兴趣。此前，燃烧的过程被解释为“燃烧的物质与燃素相分离”，但他认为这根本不对。一年之内，他阅读了当时有关燃烧的所有著作，并开始进行自己的实验。由于在大学期间接受了因果推理的方法，加上身为律师一丝不苟的性格，1778年，拉瓦锡将定量研究法引入到化学实验中，即精确测量底物和产物，也就是测量参与化学反应的物质有什么，发生化学反应后的物质是什么。通过实验，他发现燃烧就是可燃物质与氧气的结合，与动物的呼吸一样，都属于空气中氧气参与的氧化作用，这一“氧化学说”彻底否定了“燃素说”。与此同时，他还发现将氧气与氢气的混合气体点燃后生成了水。他还研究了当时常见的几种诸如硫酸、硝酸这样的酸，发现可以从中分离出氧，于是认为“一切酸中都含有氧”（今天我们知道这是错误的）。另外，拉瓦锡还研究了分解反应：在阳光下加热氧化铅样品，在分解过程中得到了铅和纯氧。他的研究结果具有划时代的意义！因为这些结果展示了物质的结构，以及它们是如何形成和分解的。从此，人们才开始明白化学反应是如何发生的。

此外，拉瓦锡不仅负责制定法国新的度量衡体系，主张建立米制系统，还提出质量标准采用千克作为计量单位（如今已世界通用）。不过，他最重要的成就是明确定义了化学元素的概念，这个定义一直沿用到今天！

拉瓦锡不仅是法国科学院名誉院士，也是波旁王朝的总包税官。由于总包税官的收入非常可观，他虽未直接参与政府的横征暴敛，但这一身份还是遭到了许多人的嫉妒甚至憎恨。因此，在法国大革命期间，他被送上了断头台，终年 51 岁。

迈克尔·法拉第

他只上过两年小学，却在后来成为“电学之父”和“交流电之父”。

很久以前，从事科学研究的基本都是富人，他们将科研视为一种有益的业余爱好。作为英国一个小镇上贫穷铁匠的三儿子，法拉第几乎没有机会接受教育。他那疲于养家糊口的父亲所能负担的，就是确保渴望上学的儿子能够学会简单的书写、阅读和数数。

不过，年轻时的法拉第非常愿意学习，为此他甚至到书本装订商的作坊去打工。白天，他把顾客送来需要修补的书的封皮和书脊粘好，晚上就在那里读这些书。因此，他很快就熟悉了他那个时代最重要的科学成就。那是一个疯狂的年代！就在不久前，一个名叫伏特的意大利人制造了世界上第一个电池，还有一些人在寻找利用电力的方式，梦想着发明无线电报和其他物品。法拉第觉得自己应该置身于科学家中间，但怎样才能进入这个高门槛的领域呢？

机会眷顾了法拉第。书本装订商的一位客户送给法拉第一张讲座门票，讲座是英国著名化学家汉弗里·戴维爵士举办的，他当时是英国最重要的科学组织——英国皇家学会的会长。1808 年，戴维利用一个巨大的伏特电池组，将两根石墨棒接在电池组上，石墨棒慢慢靠近，迸发出耀眼的光，仿佛一千个太阳那样明亮，这就是世界上最早的电弧灯。法拉第深深地着了迷！这毫不奇怪，因为戴维不仅展示了当时的科学奇迹，还做了非常精彩的讲述。于是，法拉第给戴维写了一封信，不久后他就成了戴维的助理。一开始，法拉第在戴维的实验室里清洗瓶瓶罐罐，后来帮他处理信件，最终成了他在科学研讨会上的合作伙伴。可是，法拉第后来与恩师戴维发生冲突（事实上是戴维发现并培养了法拉第，却又限制和阻碍了法拉第的发展），他便开始了独立的科研工作。直到生命的最后时刻，法拉第与戴维的关系都非常冷淡。不过，当戴维被问及他一生中最大的发现是什么时，他曾经承认道：“我最伟大的发现就是法拉第。”

1821 年，30 岁的法拉第开始对 19 世纪科学界关注的两大领域——电和磁之间有很多共同之处产生怀疑。于是，他开始寻找方法，想找出两者之间的转化关系。在接下来的 10 年里，法拉第无论走到哪里，身上都会带着一个铜线圈和一小块条形磁铁，每当他在办公室里感到无

聊时，就会把它们拿出来，开始做实验——这是法拉第经常被人提及的一件趣事。那时，法拉第已经知道丹麦科学家汉斯·奥斯特的科研成果。奥斯特首先发现了载流导线的电流会对磁针产生作用力，使磁针发生偏转。但为什么会这样呢？没人能解释清楚。

法拉第花了 10 年时间做了各种各样的实验，用磁铁建造了数百个电路系统，却一无所获。但科学家的直觉告诉他，自然界的力量是统一的，电和磁必然能以某种方式融合在一起，因此他没有放弃。1831 年 8 月 29 日，他将两个绝缘电线线圈缠绕在一个铁环上，其中一个线圈连接电源，另一个线圈连接电流计，两个线圈之间留有间隙。他发现，当给其中一个线圈通电或断电的瞬间，另一个线圈上也有电流流过。可它们之间并没有任何接触。法拉第认为这种作用是通过空间传递的，他称其为电磁感应。他对研究结果非常满意，于是还做了另一个实验：当他把磁体放进一个缠绕有电线的空心线圈时，电流计检测到了电流。实验又成功了！基于这一发现，人们后来制造了发电机和电动机。

法拉第不仅自学成才，同时也是一位极具想象力的实验者，他提出了很多理论假设，留给后世的科学家。他的机械理论被英国物理学家詹姆斯·克拉克·麦克斯韦转化成了数学语言。法拉第曾提出一个假设：正如物质是由原子构成的一样，电也应该是由“电原子”构成的。后来，英国著名物理学家、诺贝尔物理学奖得主约瑟夫·约翰·汤姆逊证明了这一说法是对的。而法拉第提出的另一个科学假设甚至连他自己都觉得过于大胆。1832 年，他把这一假设写下来，装在一个信封里密封起来，存放在英国皇家学会的总部。直到 1937 年，那封信才被拆开！在信里，法拉第写道：“电磁作用可能以波的形式传播，而且光可能就是一种电磁波！”事实证明，他没错。当时，电磁场理论早已确立，电磁波也已经被广泛地应用于通信技术等领域。今天，正是由于电磁波的应用，我们才有了广播、电视和互联网。

在法拉第的一生中，他没有像很多科学家和发明家那样申请专利，也不热衷于追求物质利益，因此他的发明并没有为他带来实际的财富。不过，他对科学和社会的贡献得到了英国政府的肯定和认可。1858 年，维多利亚女王把汉普顿宫的一套房子赠送给法拉第，以表彰他一生对科学的贡献。

1 电流计
2 较小的通电线圈
3 法拉第
4 较大的通电线圈
5 开关
6 电池
1

2
3
4
5
6

约瑟夫·约翰·汤姆逊、欧内斯特·卢瑟福和詹姆斯·查德威克

这 3 位来自英国的三代师生一起走进原子内部，分别发现了电子、质子和中子。

在19世纪末，人们纷纷觉得蒸汽时代即将结束，电力时代即将到来。虽然当时人们还不太清楚电能做什么，但关于电的各种实验非常壮观，不断激发着科学家的想象，以至于人们都相信电的广泛应用只是时间问题。

对汤姆逊来说，最有趣的是观察阴极射线（得益于法拉第的实验，即由电产生的阴极射线）。这个复杂的概念背后究竟是什么？法拉第拿了一根长长的玻璃管，在两端各放了一个电极（阳极和阴极）。他从玻璃管里抽出大部分空气，然后将电连接到电极上。当他输送电流时，玻璃管里释放出一道奇怪的光弧。遗憾的是，他不知道如何解释这一现象。汤姆逊怀疑光弧是由管内气体中一些流动的粒子引起的，于是在一次实验中，他自己设计了一个阴极射线管，在阳极上钻了一个小孔，使得从阴极发出的射线穿过小孔，形成了一道细细的光束，直射到玻璃管的另一端。这一端的管壁上涂有荧光物质硫化锌，这样就能精确测定射到荧光屏上的阴极射线的位置。而玻璃管中部装有电极板，当通上电之后，他发现光束产生了偏折现象，电流越大，偏折就越大。“所以，这些飞行的粒子是带电的！”汤姆逊得出结论，并把这些粒子命名为电子。在其他实验中，他成功地确定了电子的质量，证明电子的质量大约是氢原子的两千分之一。那时，汤姆逊意识到，与古人的设想和道尔顿的理论相反，原子并不是构成物质的最小粒子。不过，除了电子之外，原子内部还有什么他就不知道了。

汤姆逊提出问题，他的学生们开始寻找答案，而第一个开始进行这方面实验的是卢瑟福。最初，两人在同一个实验室研究放射性元素，即自身产生辐射的元素。卢瑟福很快就发现，这种辐射有正和负两种类型，并用希腊字母的前两个字母分别命名为 α 射线（阿尔法射线）和

β 射线（贝塔射线）。他对这两种类型的辐射进行了大量实验，发现它们极易穿透许多物质。有一次，卢瑟福在实验室里准备了一张很薄的金箔，让一连串 α 粒子冲击它。他很好奇，想看看这些粒子是会穿过它还是停留在上面。令人惊讶的是，大多数粒子毫不费力地穿过金箔，但有些粒子的飞行路径却大不相同！其中一小部分粒子发生了小的偏折，还有极少数粒子发生了非常大的偏折，有的甚至掉转方向返回去了，仿佛金箔里有什么东西将粒子反弹回去一样。卢瑟福把这些粒子想象成按一定距离摆在台球桌上的台球，一个新的球可以从它们中间穿过，也可以撞上它们后被弹到不同的方向。通过这种方法，卢瑟福发现了原子核，并公布了原子模型——大多数物质都集中在很小的原子核中，里面是真空的，电子则环绕在原子核外面。卢瑟福认为，原子核由带正电的粒子组成，他称其为质子。而在最简单的化学元素氢的原子核中，只有一个质子。

但是，一些科学家在实验中发现，原子核的正电荷数与它的质量不相等，这就表明除了质子外，原子核里还有其他粒子。卢瑟福的得意弟子查德威克性格安静，不苟言笑，他默默地开始研究这种现象背后的原因。关于他少言寡语和害羞的传闻有很多。他本来想学数学，结果考试时坐在了物理系的考生中间。当他通过考试并被录取之后，他没敢把实际情况说出来。正好，物理学界又多了一名天才！在一次实验中，查德威克用 α 粒子去轰击铍核，得到了碳 12 和一个不带电荷的粒子。他把这个未知粒子称为中子，人类也由此知道原子核是由中子和质子构成的。1935 年，他因这一发现获得了诺贝尔物理学奖。

汤姆逊、卢瑟福和查德威克认为他们发现了构成物质的最小粒子——电子、质子和中子。然而，如今我们已经知道，质子和中子是由更小的粒子组成的：各有 3 个夸克。由于夸克的特性很不寻常，所以科学家也给它起了一个不寻常的名字。已知的夸克有 6 种，它的种类被称为“味”，分别是上夸克、下夸克、奇异夸克、粲夸克、底夸克和顶夸克（底夸克和顶夸克有时会被称为美夸克和真夸克）。尽管物理学家认为夸克是不可分割的，但是否真的如此，我们且拭目以待。

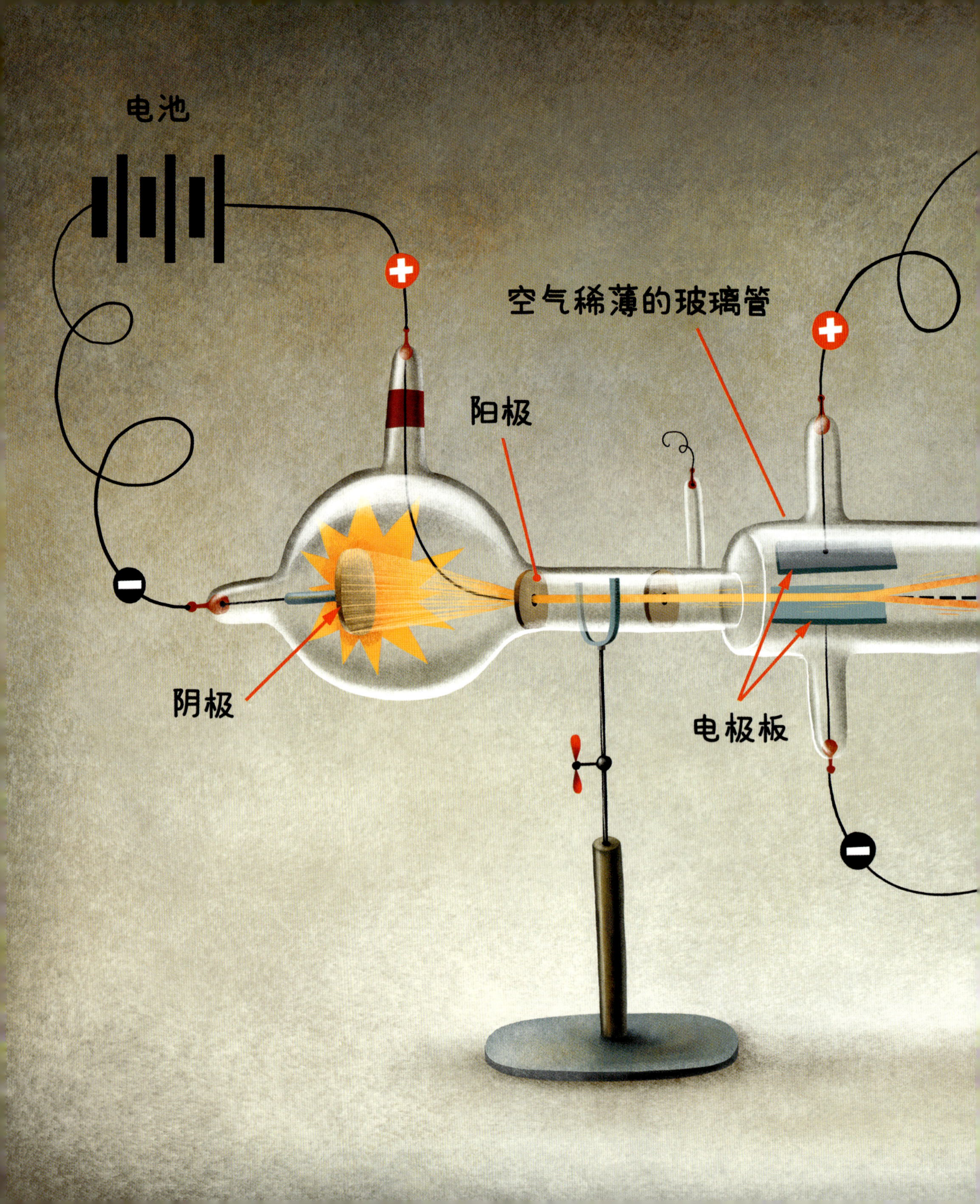
电池
空气稀薄的玻璃管
阳极
阴极
电极板

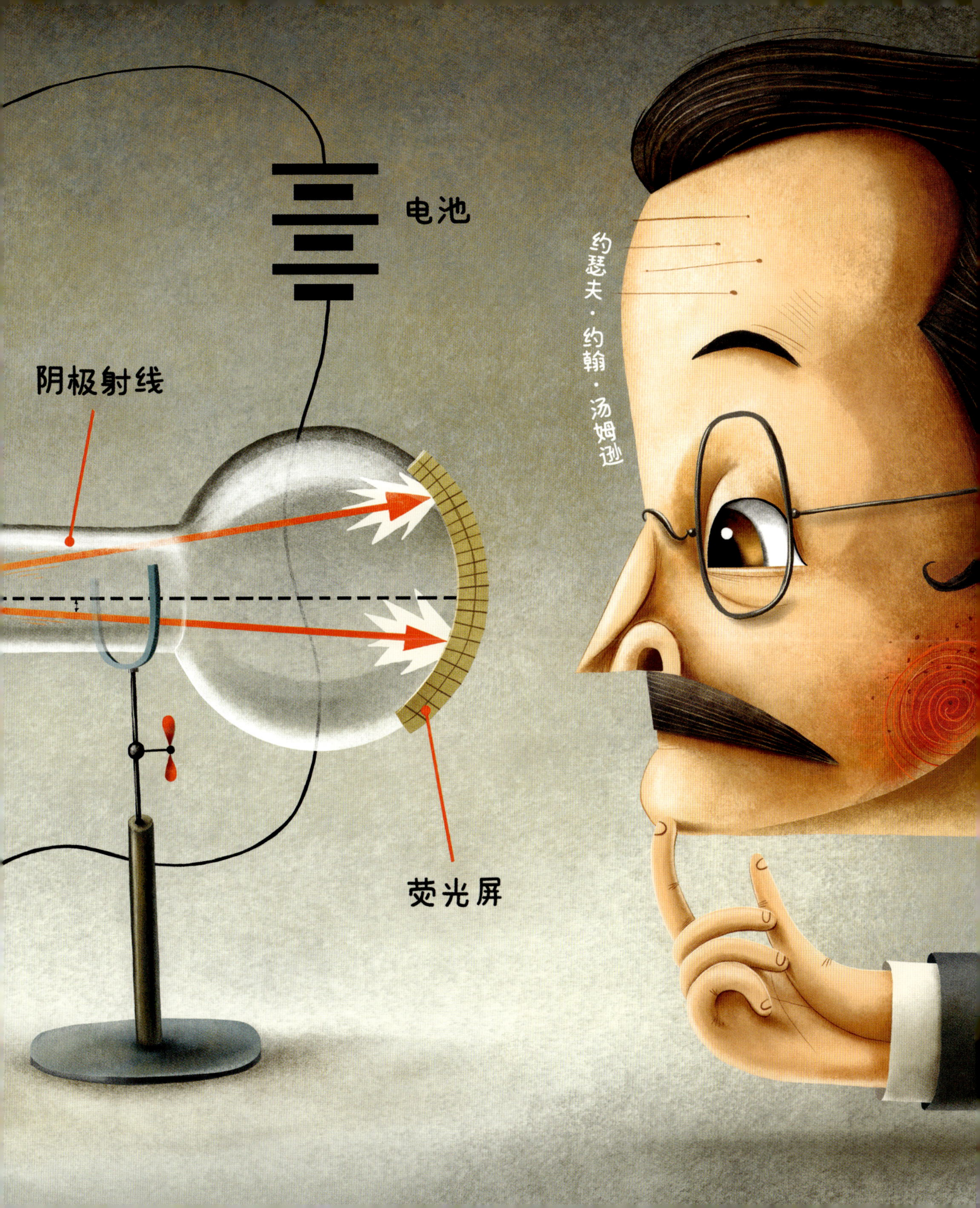
电池
约瑟夫·约翰·汤姆逊
阴极射线
荧光屏

尼尔斯·玻尔

1913 年，他提出了氢原子理论和氢原子光谱，建立了现代意义上的原子模型。多亏了他，我们才知道原子内部隐藏着什么。

毫无疑问，20 世纪初是物理学飞速发展的时期。在 20 世纪之前，物理学家对物质结构的认识只是观念性的，当汤姆逊于1897年发现了第一个基本粒子——电子之后，才真正开始了探索微观物质世界的进程。“当你向大自然提出正确的问题时，它才会回答。”玻尔曾这样说道。他提出了一些最难的问题：基于道尔顿的理论，我们知道物质是由原子构成的，那么原子内部有什么？原子是如何工作的？原子内部都发生着什么？

玻尔是丹麦人，在一个富裕的家庭中长大。他的父亲是哥本哈根大学的教授，母亲出身于一个银行大家族。十几岁时，他根本没想过从事科学研究，而是梦想成为一名足球运动员，他和弟弟哈拉尔德曾一起在大学足球队中踢过球。但在大学期间，他们感受到科学是那么富有魅力，发现有太多有趣的事情等待他们去研究，于是他们最终放弃了足球。后来，哈拉尔德成为数学家，玻尔成为物理学家。他还将自己对物理学的热情传递给了自己的孩子，他的第四个儿子阿格·玻尔长大后也成为研究原子内部结构的物理学家。

玻尔被当时英国物理学家卢瑟福的发现所吸引，正是卢瑟福证实了原子并不像道尔顿所说的是一个不可分割的粒子，它的中心有一个体积小、质量大、带正电的原子核，电子则环绕在原子核的外面。这就是“卢瑟福模型”，这一发现是非常惊人的，但似乎不能解释什么。科学家们还是不明白，为什么以这种方式构成的原子所组成的元素会有不同的属性，换句话说，万物都由原子组成，可为什么由原子组成的世界会如此不同？就像物体在加热时会呈现出不同的颜色。每年除夕夜，我们在欣赏烟花盛放时会清楚地看到这些颜色，有的是黄色，有的是绿色，有的是粉红色——这完全取决于烟花中添加了什么元素，比如钠、铜或钾。

玻尔十分熟悉法拉第、卢瑟福和其他科学家对电的研究，在此基础上提出了自己的原子结构模型，即玻尔模型（电子在一些特定的可能轨道上围绕原子核做圆周运动）。这让人想起了太阳系八大行星环绕一颗恒星运行，从距离太阳最近的水星一直到最远的海王星。由于这种相似性，玻尔模型有时被称为“行星模型”。玻尔经过计算得出结论：当电子从一个轨道跃迁到另一个轨道（就像地球突然跳到火星所在的轨道）时，电子会发射或吸收能量。正是这种能量的变化，让我们看到了电子发出的彩色光。

不久，美国天文学家皮克林、英国物理学家埃万斯和亨利·莫斯莱以及德国物理学家詹姆斯·弗兰克、古斯塔夫·路德维希·赫兹等人所做的实验得出的结果，都与玻尔模型相吻合。因此，玻尔很快被公认为世界上最伟大的科学家之一。1922 年，由于对原子结构理论做出的贡献，他获得了诺贝尔物理学奖。1975 年，他的儿子阿格因为发展了他的理论而获得了同样的殊荣。

遗憾的是，玻尔模型也有局限性。玻尔第一次将量子观念引入原子领域，成功解释了氢原子光谱的实验规律（氢原子是由一个质子和一个电子构成的最简单的原子，其光谱一直是了解物质结构理论的主要基础），但对于稍微复杂或较大的原子的光谱现象，玻尔模型就无法解释了。此时，我们就需要一个完全不同的理论模型，即后来与相对论一起构成现代物理学理论基础的量子力学。玻尔也参与创建了这一理论，而它从根本上改变了人类对物质结构及其相互作用的理解。

作为一名科学家，玻尔意识到原子核的巨大能量，预测了制造原子弹的可能性。二战期间，当他知道德国人正在研究这种核武器时，他逃离了被德国占领的丹麦，途经瑞典和英国秘密前往美国，参加了“曼哈顿计划”（我们在《大发明家》一书中讲过这件事）。不过，玻尔是一个和平主义者，并不愿意研究大规模杀伤性武器，因此据说他在这项计划中起到的作用比较小。

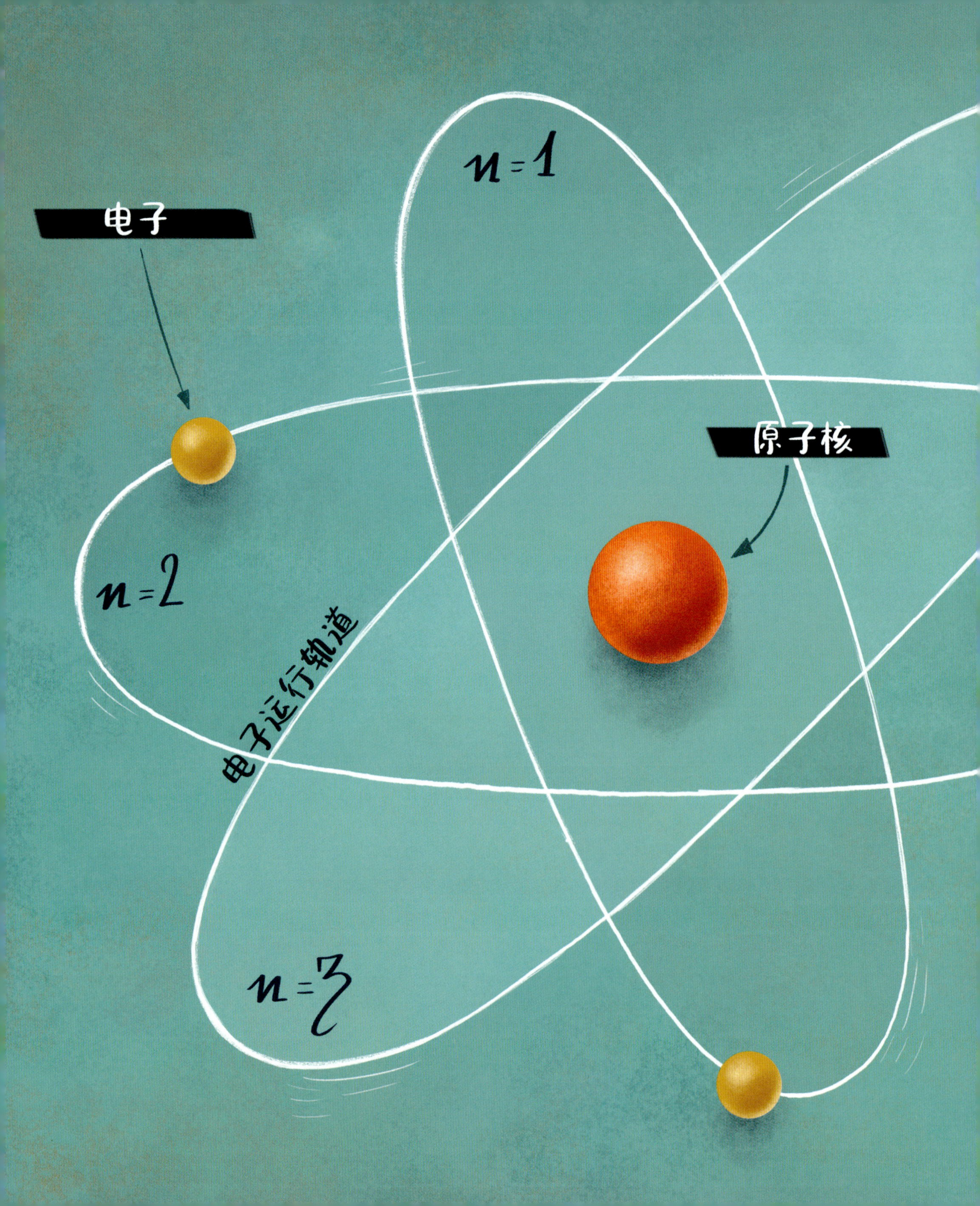

$n=1$
电子
原子核
$n=2$
电子运行轨道
$n=3$

跃迁！
ΔE=hv
咔嚓！
0
能量
-13.6 eV
n = 1
n = 2
n = 3
n = 4
距离
从原子核开始

玛丽·居里

她颠覆了物理学和化学理论，证实元素是可以被分离出来的。她在当时以男性为主导的科学领域脱颖而出，彻底改变了科学界对女性的看法！

在1927年比利时布鲁塞尔举办的第五届索尔维量子力学大会上，前来参加会议的29位科学家在会议期间坐在一起，留下了一张著名的合影。这次会议会聚了玻尔、爱因斯坦、薛定谔、普朗克、洛伦兹等当时世界上最杰出的科学家，甚至连世界上第一个驾驶热气球到达同温层的人——奥古斯特·皮卡尔也在其中。所有人都非常严肃，神情专注，身穿正装，还有人手拿礼帽。合影里的28人都是男性，只有一位女性坐在前排左三，她就是玛丽·居里，被世人称为“居里夫人”。

从孩提时代起，玛丽就不得不进行斗争，来证明她的性别并不重要，重要的是她的才华和世界上那些最杰出的男性不相上下。她出身于波兰华沙一个非常重视科学的家庭，但当时家里拿不出足够的钱让所有孩子都接受良好的教育。玛丽不仅天赋异禀，还十分勤奋。十几岁时，她已经精通5种语言了！她依靠做家教挣钱养活自己，教别人外文、数学、物理和化学。这些知识都是她在学校或秘密的地下科学培训班中学会的。为什么是秘密的地下科学培训班呢？因为波兰当时处于被瓜分的状态，时势艰难，俄国侵略者不希望看到波兰人接受教育，因此许多人只能在地下学校和培训班学习知识。玛丽梦想有一天能去法国留学，为此她与姐姐布罗妮雅想出了一个计划：先挣钱供姐姐上学，然后再挣钱供她上学。就这样，玛丽来到巴黎，进入了索邦大学。她从物理系和数学系两个院系毕业，分别获得了第一名和第二名，另外还在化学专业获得了博士学位。

后来，玛丽与丈夫皮埃尔·居里一起开始研究一种当时无法解释的现象，即一些矿物自身会释放出未知的辐射。在实验室研究了几个月后，他们发现一些矿物中含有一种放射性元素——铀。接着，他们检测了来自捷克的沥青铀矿，发现其放射性强度比铀不知大多少倍，这意味着在沥青铀矿中肯定有一种新的未知放射性元素。于是，夫妻二人全身心地投入工作，在巴黎的实验室里检测了数吨这种矿物，最终得到了未知元素的样本。为了纪念祖国波兰（波兰语为Polska），他们将这种新元素命名为钋（Po）。不久后，他们又发现了另一种放射性元素——镭（Ra）。1903 年，他们因对放射性现象的研究与法国物理学家亨利·贝可勒尔一起获得了诺贝尔物理学奖。

1906 年，皮埃尔·居里因车祸意外去世，居里夫人接任了丈夫的职位，成为巴黎大学建校以来的第一位女教授。她承受着巨大的痛苦，决心完成两个人共同的科学志愿。她坚持不懈地专注于放射性问题及其相关研究，演示了一些元素的原子如何发生衰变，放射出一些固定粒子而形成其他元素的过程。后来，她开始研究镭在医学中的应用。科学界对居里夫人取得的成就感到欢欣鼓舞，在第一次获得诺贝尔奖的 8 年后，她再次获此殊荣，但这次获得的是诺贝尔化学奖。迄今为止，世界上只有 4 个人不止一次获得过这一最高科学荣誉。一战期间，她向战地医院提供了 X 光治疗机，以帮助受伤的士兵。1932 年，正是在居里夫人的提议下，波兰华沙成立了镭研究所，如今已改名为玛丽亚·斯克沃多夫斯卡·居里肿瘤中心。

居里夫人取得了举世瞩目的科学成就，却将名利置之度外，只注重自己的科研工作。她也从不向国王、政客、权贵等任何权势屈服。著名的物理学家阿尔伯特·爱因斯坦曾这样评价居里夫人：“居里夫人大概是世界上唯一不为名利所腐蚀的人了。”

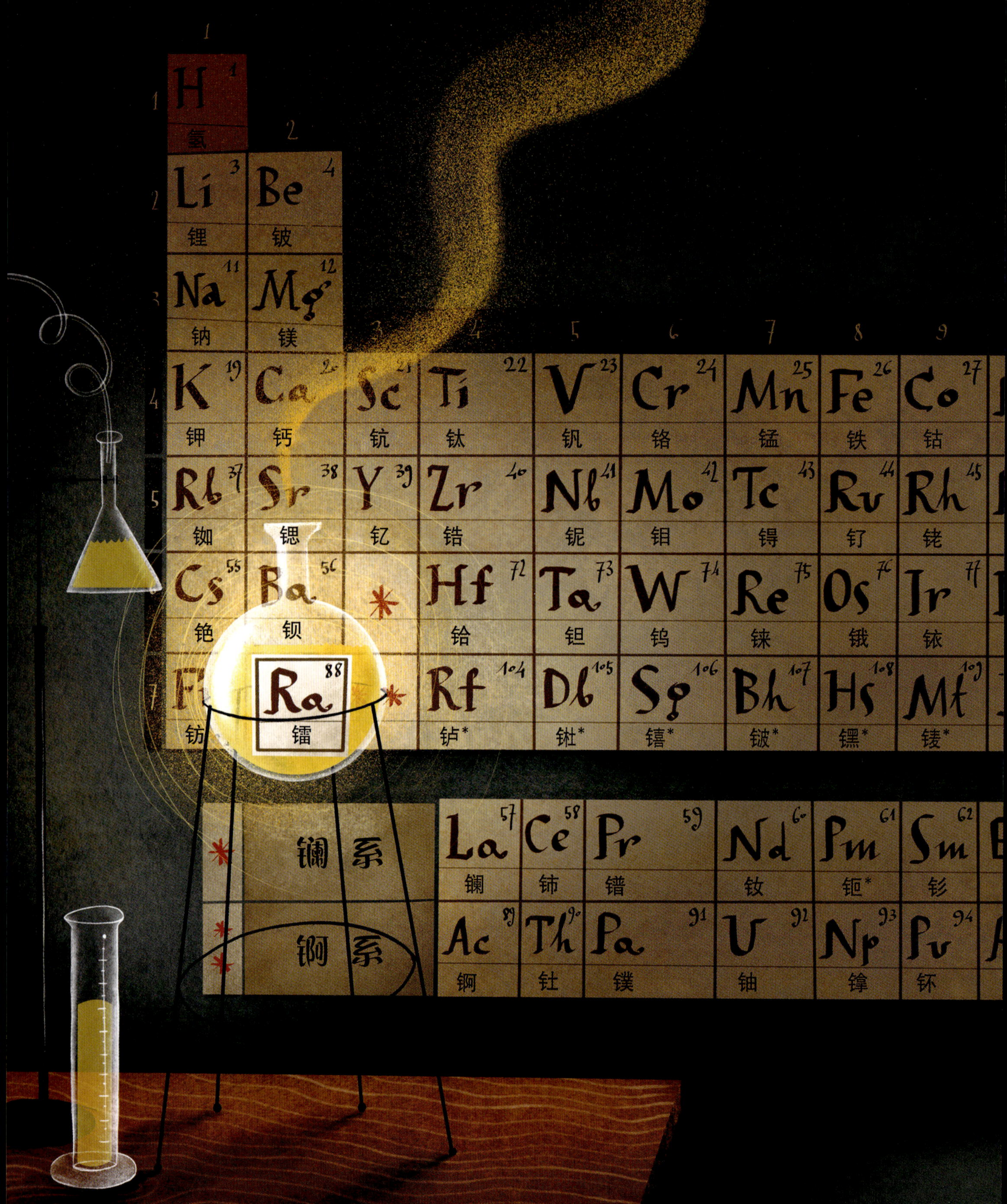

H 1 氢
Li 3 锂
Be 4 铍
Na 11 钠
Mg 12 镁
K 19 钾
Ca 20 钙
Sc 21 钪
Ti 22 钛
V 23 钒
Cr 24 铬
Mn 25 锰
Fe 26 铁
Co 27 钴
Rb 37 铷
Sr 38 锶
Y 39 钇
Zr 40 锆
Nb 41 铌
Mo 42 钼
Tc 43 锝
Ru 44 钌
Rh 45 铑
Cs 55 铯
Ba 56 钡
Hf 72 铪
Ta 73 钽
W 74 钨
Re 75 铼
Os 76 锇
Ir 77 铱
钫
Ra 88 镭
Rf 104 𬬻*
Db 105 𬭊*
Sg 106 𬭳*
Bh 107 𬭛*
Hs 108 𬭶*
Mt 109 鿏*
镧系
锕系
La 57 镧
Ce 58 铈
Pr 59 镨
Nd 60 钕
Pm 61 钷*
Sm 62 钐
Ac 89 锕
Th 90 钍
Pa 91 镤
U 92 铀
Np 93 镎
Pu 94 钚

18
13 14 15 16 17
11 12
He 2 氦
B 5 硼
C 6 碳
N 7 氮
O 8 氧
F 9 氟
Ne 10 氖
Al 13 铝
Si 14 硅
P 15 磷
S 16 硫
Cl 17 氯
Ar 18 氩
Cu 29 铜
Zn 30 锌
Ga 31 镓
Ge 32 锗
As 33 砷
Se 34
Br 35 溴
Kr 36
Ag 47 银
Cd 48 镉
In 49 铟
Sn 50 锡
Sb 51 锑
Te 52 碲
I 53 碘
Au 79 金
Hg 80 汞
Tl 81 铊
Pb 82 铅
Bi 铋
Po 84 钋
Rn 氡
Rg 111 𬬭*
Cn 112 鿔*
Nh 113 鿭*
Fl 114 𫓧*
Mc 115 镆*
Lv 𫟷*
Ts 鿬*
Og 鿫*
Gd 64 钆
Tb 65 铽
Dy 66 镝
Ho 67 钬
Er 68 铒
Tm 铥
Cm 96 锔*
Bk 97 锫*
Cf 98 锎*
Es 99 锿*
Fm 100 镄*

阿尔伯特·爱因斯坦

他创立了相对论，彻底改变了万有引力定律，是现代物理学的开创者和奠基人，被公认为有史以来最伟大的科学家。

爱因斯坦小时候并不是一个天才。他小提琴拉得很好，数学成绩也不错，但其他学科成绩一般，连第一次大学入学考试都没及格。在瑞士苏黎世联邦理工学院学习期间，他不属于优等生，甚至毕业后很久都找不到工作，只能当教师和家教来挣钱养活自己，他还在伯尔尼专利局工作过，负责发明专利申请的技术鉴定工作。

幸运的是，爱因斯坦在工作之余有大量的空闲时间。他思考了现有科学理论的不足之处，提出了自己的理论，不过并没有获得科学界的认可。直到 1905 年，一切都改变了！当时，爱因斯坦才 26 岁，他早期所有的思考和发现已经形成了一个完整的理论体系。那一年，他发表了 6 篇划时代的论文，开创了物理学的新纪元。

最初，爱因斯坦从引力问题着手研究。众所周知，引力是存在的，恒星吸引行星，地球吸引月球，如果我们把苹果往上扔，它一定会掉下来。很多科学家都认为，在微观世界中，原子也以相同的方式相互作用。然而，到了 20 世纪初，随着物理学的发展，人们发现原子并不像星星那样运转。爱因斯坦开始思考这个问题，并用数学语言记录下来。他很快得出结论，许多旧的几何定律、引力和空间定律与新的研究结果并不相符。爱因斯坦运用数学方程式（因为他不是实验者，而是理论家），创立了一种新理论——相对论，重新解释了引力的作用。广义相对论告诉我们，引力场对于质量来说是一种陷阱，空间在那里弯曲，有质量的物体会自然地沿着倾斜的井壁下落。当沿着井壁下滑时，物体获得了能量，就像人顺着斜坡下滑，人体会获得更大的能量一样；相反，要从井底爬上来，要消耗很多能量。越靠近巨大质量的地方，空间弯曲得越厉害，越陡峭。原子在自己所处的引力场中也是如此运行的。相对论中还有许多预测，比如时间的流逝。“如果我们的旅行速度像光一样快，会发生什么呢？”爱因斯坦曾经这样问自己。他用独创的方程式求解，结果是时间会变慢！

这位天才物理学家预料到，科学界不会轻易接受他的理论。多年来，人们普遍记得的似乎只有“相对论”这一名称，以及著名的公式 $E=mc^2$。在这个公式中，E 为物体的能量，m 为物体的质量，c 为光速，也就是说：质量与能量是等价的，可以相互转化，而且少量的质量能转化为十分巨大的能量。这一惊天动地的结论为原子能的利用奠定了理论基础，因此 $E=mc^2$ 也被后人称为“改变世界的方程”。爱因斯坦的理论把人们搞得头晕目眩。有人说他是一个天才，也有人说他是一个疯子，而世界上只有那些最杰出的物理学家才能完全理解他的理论。

爱因斯坦还提出了光量子假说，他发现光像一群粒子（现称为光子），光的运行也不是连续性波动，这解释了经典物理学无法回答的光电效应问题。此前，光一直被认为是一种波，就像湖面上泛起的波纹，但爱因斯坦证明了光同时具有波和粒子的双重属性。在一些实验中，光表现为非物质的波，而在另一些实验中，光则表现为物质的粒子。由于这一发现，他获得了 1921 年诺贝尔物理学奖。有人说，爱因斯坦的相对论虽然更重要，但对诺贝尔委员会来说太难理解了，他们低估了这一理论的重要性！

不过，爱因斯坦没有因为已有的成就而停滞不前。1906 年和 1910 年，他先后完成了固体比热和关于临界乳光的论文；1912 年，他提出了“光化当量”定律；1916 年，他提出的“受激辐射”的概念，为 40 多年后激光的诞生奠定了理论基础；1922 年，他完成了关于统一场论的第一篇论文，使得统一场论成为 21 世纪物理学的重要研究方向……

爱因斯坦是一个和平主义者，对战争和暴力深恶痛绝。1914 年 10 月，在一战期间，德国科学界和文化界在军国主义分子的操纵下，发表了《告文明世界书》，为德国发动的侵略战争辩护。当时，在宣言上签字的 93 人都是当时德国颇有声望的科学家、艺术家、学者等，包括伦琴、普朗克、奥古斯特·海克尔、能斯脱、奥斯特瓦尔德等人。当要求爱因斯坦签名时，他断然拒绝了，并毅然在反战的《告欧洲人书》上签上了自己的名字。

E =

mc^2

欧洲核子研究组织（CERN）

原子里有什么？原子核。原子核里有什么？质子。那么质子里又有什么呢？其他粒子里面呢？物质究竟是由什么构成的，以及怎样构成的呢？欧洲核子研究组织就是为了寻找这些问题的答案而建立的。

欧洲核子研究组织成立于1954年，其缩写CERN（法文Conseil Européen pour la Recherche Nucléaire的简称）已被国际广泛接受并沿用至今。这一组织广为人知的原因在于它是目前世界上最大的粒子物理学实验室。

CERN 位于瑞士日内瓦的西北部，在瑞士和法国交界的侏罗山脚下，是一个真正的欧洲机构。CERN 的大部分建筑位于地下，深度达 50 米至 200 米。为什么这样建设呢？因为这个组织的核心——大型强子对撞机建在那里，它是当今世界上最大的、能量最高的粒子加速器。

什么是粒子加速器呢？它是一种利用电场将粒子加速到非常高的能量的设备，可以将粒子加速到接近光速。汤姆逊和卢瑟福是最早开始做类似实验的人，这两位天才科学家通过电来加速粒子，利用了一个电极和另一个电极之间存在的电场。施加的电压越大，粒子就飞得越快。

CERN 的科学家们运用了同样的原理开展实验，但修改了粒子的运动轨迹，他们在地下安装了大型电磁体，让粒子在大型强子对撞机的环形隧道里以圆圈而不是直线的方式移动。这个环形隧道长达 27 千米！粒子每次通过时，都会受到电磁体的轻微驱动，从而飞得越来越快。最终，这些粒子一秒钟会绕环形隧道运行 11 000 次。

科学家们将一个被加速到宇宙速度的粒子对准了相向飞行的第二粒子……“轰隆”一声，大对撞产生了。此时，发生的事情就像我们在电影里看到的场景：两辆飞驰的汽车突然撞到一起，紧接着发动机、方向盘等各种零件四散开来。粒子相撞时也是如此，它们会分裂，产生更小的粒子，比如夸克、胶子、中微子或其他粒子。科学家们就是在等待这些飞出的“剩余物”。他们在对撞地点设置了巨大的传感器，以便查看有什么东西飞出来，朝哪个方向飞。科学家说，这有点儿像在一个万里无云的晴朗日子观察一架高空飞行的飞机，我们看不见机身，但它喷出的烟雾就在那里，很容易被发现。

如果德谟克利特活到现在，他将会多么惊讶，原来原子是可以再分割的！正是基于 CERN 的科学家们的研究，今天我们知道了（也许）物质的所有成分包含 6 种不同类型的夸克、一个电子、一个介子、一个陶子、三种类型的中微子、一个光子、一个胶子、两个“普通”的玻色子和一个“特殊”的玻色子。1964 年，英国理论物理学家彼得·希格斯经过计算，预测了希格斯玻色子的存在。大约半个世纪后，他的说法最终在 CERN 得到证实，来自世界各地的数千名科学家和技术人员参与了这项实验。2013 年，彼得·希格斯获得了诺贝尔物理学奖。

为什么希格斯玻色子如此重要呢？因为它是一种使其他粒子具有质量的粒子。没有它，我们周围的一切都没有重量，这样就不会有物质，也不会有我们。也许正因如此，人们把希格斯玻色子称为“上帝粒子”。

CERN 还是互联网的发源地。1989 年，英国计算机科学家蒂姆·伯纳斯－李为了改善研究人员之间的信息交流，创造了用于创建网页的 HTML 语言和用于传输数据的 HTTP 协议。在此之前，只有极少数研究人员可以使用网络。由于这一发明，我们才有了今天数以百万计的网站和社交网络，也更容易看到全世界不同国家和地区的电影，听到不同类型的音乐。

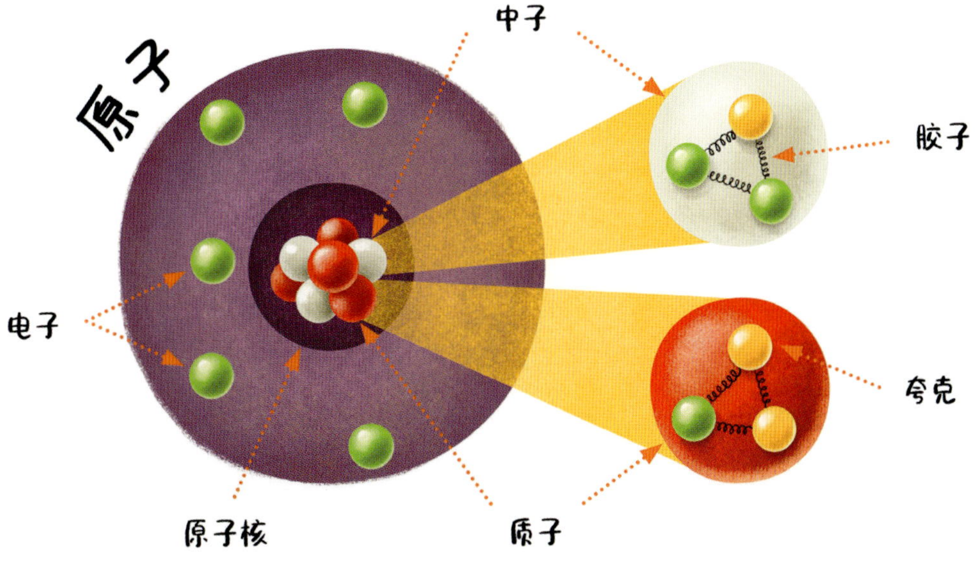

轰隆!!!

希格斯
玻色子

古代

世界

阿尔弗雷德·魏格纳

他提出了“大陆漂移说”，认为地球最初是一块完整而巨大的陆地，并解释了地壳运动和海陆的分布与演变。

魏格纳早先是一位天文学家。他在柏林大学攻读物理学和气象学，1905年毕业后进入柏林天文台，从事天文观测工作。他有远大的抱负，虽然天文学是他的爱好和本职工作，但他担心自己在这个领域可能不会取得什么成就，因此开始深入研究气象学。那时，气象学刚刚诞生不久。魏格纳很快在这一领域大放异彩，这要归功于他使用的气象风筝和探测气球。他自己设计了这两种探测设备，将它们放入大气层，执行长期的探测任务，它们为这位年轻的科学家带回了气温、气压、湿度等非常珍贵的测量数据。今天，我们可以使用飞机来得到这些数据，但当时美国航空先驱莱特兄弟的发明还无法到达气象观测所需的高度。1906年4月5日，魏格纳亲自驾驶大气球和弟弟一起观测气象，飞行了整整54个小时，打破了当时载人气球在空中飞行35小时的世界纪录。在大气球上，他还向女朋友埃尔斯求婚，她接受了，很快二人就结为伉俪。

魏格纳从高空俯瞰，常常思考地球起源的问题。当时，地质学处于起步阶段，他不可能知道地球是在大约46亿年前形成的（科学家后来通过分析地球上最古老的岩石而推测出来的数据）。他最感兴趣的是各大洲形状的相似之处，特别是南美洲和非洲位于大西洋一侧的海岸线。魏格纳发现它们几乎可以完美地拼贴在一起，仿佛互为镜像，他推测这种现象与地球的过去一定有某种关联。不过，究竟是什么呢？100多年前，冯·洪堡已经想到了这一点。他曾经推测，也许有一条大河在大陆中间流过，以这种方式雕刻出了海岸线，并随着时间的流逝变成了大西洋。但他觉得这种解释很难有说服力，就没有进一步推广自己的理论。

魏格纳经常出去探险考察，走过很多地方。他发现大西洋两岸的海岸线有惊人的相似之处：美国东部的阿巴拉契亚山脉的岩石与苏格兰一些山脉的岩石非常相似，而巴西与南非一些山脉的岩石也十分相像。魏格纳在图书馆里找到了来自世界各地的化石研究成果。他从中发现，在数百万年前的岩石中发现的爬行动物遗骸也非常相似，尽管它们被大西洋分隔开来。

与此同时，他还注意到了其他问题：在非洲大陆、马达加斯加岛北部、印度和南极洲发现了相同的爬行动物的骨骼化石，在南美洲和非洲发现的蕨类植物化石相同，甚至在澳大利亚发现的也一样！“这怎么可能呢？它们今天都是被大洋分隔开来的！也许这些海洋曾经不存在，而各大洲都是邻居？”魏格纳脑海里产生了这样的疑问。

突然间，这一切在魏格纳眼前形成了一张连贯的画面：今天的各大洲曾经是一块完整的大陆！他称其为盘古大陆。在这片陆地上，史前爬行动物可以随心所欲地迁移，而植物可以在任何合适的地区生长和扩散。根据他的理论，所有大洲在大约 2 亿年前都是连在一起的，周围是一片汪洋。后来，这个“超级大陆”开始断裂，几块大陆逐渐远离，形成了今天我们所知道的陆地分布状况。根据魏格纳的测算，各大洲以每年 2.5 米（如今这个数字为 2.5 厘米）的速度进行漂移。但是，整个大陆怎么可能会移动呢？魏格纳提出了一个理论，即大陆漂浮在地球内部的液态熔岩上，就像冰漂浮在湖面上那样。然而，魏格纳本人及其理论均遭到了许多科学家的批评。于是，他又重新回到了气象学领域。他前后三次前往格陵兰岛考察，在 -60℃的低温下研究大气层和冰川。1930 年，他在第四次去格陵兰岛考察时，因突发心脏病去世，被埋葬在了冰天雪地之中。

后来，魏格纳的理论逐渐被人遗忘。直到 20 世纪 50 年代，随着海底火山和海洋底部巨大的全球山脉系统的发现，人们才重新提起了他的理论。原来，大西洋底部有一条南北向的裂缝正在缓慢扩大，逐渐推开了欧洲、北美洲、非洲和南美洲。不久，地质学家发现了更多类似的地方。就这样，人们开始接受了大陆漂移的理论。20 世纪 60 年代，地质学家绘制了各大洲所在板块的地图，并注意到这些板块互相远离和挤压的状况。比如，印度洋板块不断挤压并下沉到欧亚板块之下，使得位于两大洲交界处的世界最高峰——珠穆朗玛峰不断升高。

一战爆发时，魏格纳被征召入伍，前往比利时前线服役。在作战中两次受伤后，他被认为不适合在一线服兵役，于是被分配到后方的气象部门。因此，他有很多时间重新思考他的理论，并出版了一本书，名为《大陆和海洋的形成》。

大约2亿年前

阿尔弗雷德·魏格纳
格陵兰岛
北冰洋
北美洲
欧亚大陆
大西洋
非洲
南美洲
太平洋
太平洋
南极洲

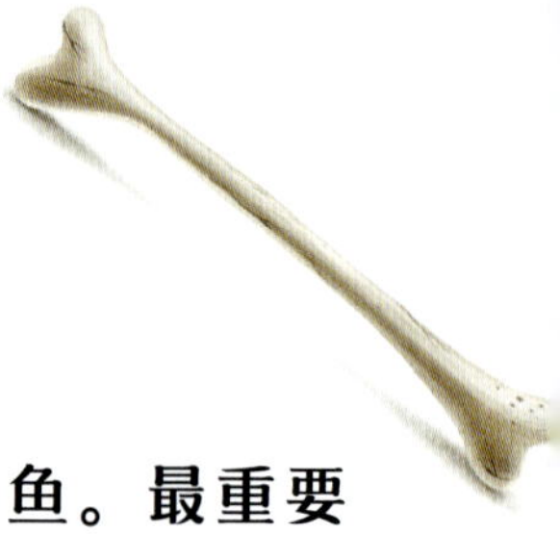

保罗·塞里诺

他是一位古生物学家和探险家，发现了世界上最大的史前鳄鱼。最重要的是，他为科普灭绝的爬行动物做出了巨大贡献。

也许，我们都知道阿兰·格兰特博士是在《侏罗纪公园》里研究恐龙的古生物学家，但他只是美国著名电影导演史蒂芬·斯皮尔伯格拍摄的系列电影中的人物。其实，像保罗·塞里诺这样的人，才是地地道道的科学家，他们天天都会与恐龙（或者说恐龙化石）打交道。

200 多年前，法国科学家乔治·居维叶创立了古生物学，虽然它研究的是地球上最古老的“居民”，但却是一门比较年轻的学科。那时，居维叶在地下矿井中发现了奇怪动物的骨骼化石，认为它们是地球上早已消失的物种，并证明这些动物灭绝的原因在于历史上曾经发生的大洪水，而随后又奇迹般地出现了新物种。居维叶反对进化论的假说，他对比了许多现存的动物与化石后，发现物种在地层中都是以突发性方式出现的，没有任何痕迹显示出进化的过程。

小时候，塞里诺上学时遇到了很多麻烦。“是学校对我有意见！”他后来在一次会议上开玩笑说。很难想象，他在学校还留过级。不过，他发现自己有绘画天赋，毕业后就回到学校当了一名艺术老师。为了寻找绘画灵感（他喜欢画骨头），他专门去了纽约的自然历史博物馆观察动物的骨骼标本。当进入恐龙化石大厅时，他惊讶得目瞪口呆，正如他所说的那样：“在精神上，我再也没有离开过那个大厅，我永远与恐龙待在了一起。”后来，塞里诺成为一名古生物学家，他的绘画天赋至今仍在他绘制史前爬行动物时发挥着巨大作用。

令塞里诺如此着迷的恐龙生活在一个特殊的地质时代——中生代。中生代开始于 2.52 亿年前，那时许多物种都在未知的情况下灭绝了。大自然不喜欢“真空”，所以那些动物灭绝后留下的空间被蜥形纲动物占据。这类动物有些个头很小，就像今天的鸡那样；有些则像今天的大卡车一样大，比如恐龙。体长约 12~15 米的肉食性霸王龙在热带莽原上奔跑；翼展 10 多米长的风神翼龙在一望无际的草原上空飞翔；还有近 40 米长的泰坦巨龙迈着艰难笨重的步伐，享用着各种植物；而超过 17 米长的沧龙在海洋中尽情猎食。不过，大约 6600 万年前，恐龙时代突然结束了。最有可能的解释是，在今天中美洲北部和墨西哥东南部的尤卡坦半岛附近，一颗大型陨石撞击了地球，导致了一场全球性灾难，以及引发了持续数千万年的气候变化。

“科学是一个具有有益目的的冒险。”塞里诺在各种谈论恐龙的会议上都会这样说。为了寻找恐龙的足迹，这位古生物学家已经走遍了全世界。他曾组织探险考察队，前往地球南部那些难以抵达和人迹罕至的山区和沙漠。1991 年，他在阿根廷发现的始盗龙的化石只有 1 米多长。始盗龙被认为是恐龙的共同祖先，是地球上最古老的恐龙之一（生活在大约 2.3 亿年前）。1997 年，他在非洲的尼日尔进行了为期 4 个月的探险考察，发现了一具几乎完整的约巴龙骨架，这只恐龙的腿有 2 米多长，很像大象的腿。他在撒哈拉沙漠挖掘出了 10 多米长的大型棘龙科恐龙化石，它拥有类似鳄鱼的头颅；在摩洛哥找到了鲨齿龙的化石，这是一种肉食性恐龙，有巨大的嘴部和长达 20 厘米的锯齿状牙齿。他在尼日尔发现了帝鳄——一条长约 12 米的巨型鳄鱼的骨头，这引起了空前轰动。塞里诺还去了今天世界上体形最大的鳄鱼生活的地方——委内瑞拉的奥里诺科河和澳大利亚。在那里，他观察了世界上体形最大的爬行动物，目的是利用这些被媒体称为“超级巨鳄”的解剖细节来建构他对史前巨鳄的想象。

塞里诺非常重视与媒体打交道，他大部分的探险考察活动都有电影摄制组和记者陪同。这位科学家认为，发现某种事物很重要，但出色地报道和讲述它同样重要。“你必须以一种激励他人的方式来做，要证明科学不仅很酷，还很有趣，成为科学家就是一个超级探险！”他在接受本书作者采访时回忆说。

1997 年至 2000 年，塞里诺在尼日尔发现了总重达 20 吨的化石，其中包括 7 只帝鳄化石。回到美国后，他立即召开记者招待会介绍自己的发现，还与《国家地理》合作介绍这种史前巨鳄。在某一期《国家地理》中，帝鳄复原图出现在杂志封面上，成为当仁不让的主角，其标题是《超级巨鳄，它不与恐龙同行，因为它以恐龙为食》。正是由于塞里诺的宣传，帝鳄才变得家喻户晓。

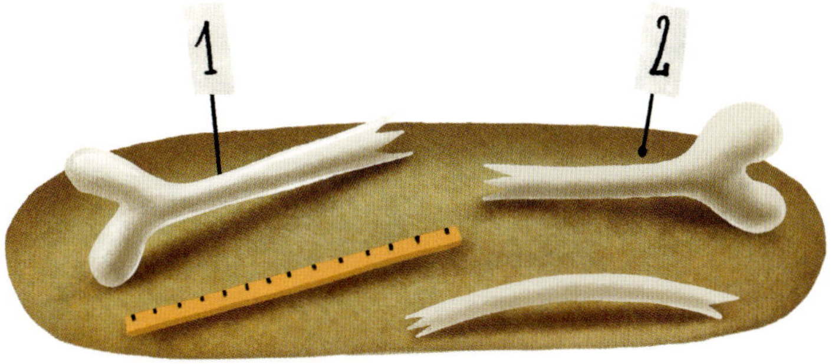

嗷呜!!!
TV
1
2

路易斯·利基

他是英国古人类学家和考古学家，在东非发现了许多重要的人科化石，对人类起源理论的研究有很大贡献。

今天，人类几乎生活在地球的各个角落：高原、山脉、沙漠和热带森林、遥远的太平洋岛屿和喜马拉雅山麓、冰天雪地的格陵兰岛……人类甚至登上了月球。人类自称智人，意思是有智慧的人。由于能够思考、善于总结、具备学习和预测的能力，人类似乎占据了大自然生态系统的顶端位置。或许，人类也是地球历史上第一个想知道自己从哪里来、祖先是谁的物种。

利基一生都在寻找这些问题的答案。他出身于英国一个传教士家庭，父母曾在英属东非的肯尼亚工作过。童年时代，他与基库尤部落的孩子们一起在树丛中奔跑玩耍，学会了他们的语言和生活习俗，以及“轻声”走路的方式，这可以让他在野外节省体力。他还举行了加入部落的仪式，不过根据他的著作，他从未谈及此事。

一战后，他回到英国上学，在大学攻读了考古学，但他非常想念非洲。他曾说：“我是非洲人，我是肯尼亚人，我是基库尤人，只是偶然间变成了白人。”1925 年，返回南方的机会来了，那时德国在非洲的殖民地落入了战胜国手中，与肯尼亚相邻的坦桑尼亚沦为英国的殖民地，于是利基去坦桑尼亚寻找恐龙化石。他没有找到恐龙化石，却做出了一个改变他一生的决定：寻找最古老的人类祖先的遗骨。有一天，他获悉来自德国柏林的汉斯·雷克教授在坦桑尼亚的奥杜瓦伊峡谷有所发现。这位德国人不愿与英国人合作，但利基跟汉斯打赌说，如果自己去那里，一定会在 24 小时内获得重大发现！汉斯同意了。结果，利基真的在第一天就找到了人类古老祖先使用的石器。只有他交到了好运。从此，奥杜瓦伊峡谷变成了历史上最重要的古生物遗址之一。在接下来的 30 多年里，利基在那里发现了 200 万年前人类的牙齿、头骨和使用过的工具。与今天的人类相比，他们身材矮小，眉弓较大，大脑较小，使用简单的石器捕猎。

当利基公布自己的发现时，世界上其他地区的人类祖先的化石早已为人所知。当时，人们讨论更多的是关于人类起源的问题，由于利基展示的人类化石标本被证明是最古老的，于是很多人都相信——人类诞生于东非。不久，利基变成了一个非常有影响力的考古学家。他到世界各地去讲学，撰写关于人类起源的书籍，并帮助了许多年轻的科学家，其中就有我们前面提到的 3 位著名女科学家：戴安·弗西、珍妮·古道尔和比鲁特·加尔迪卡斯。

自从利基开始研究人类起源问题，世界许多地区都发现了众多人类化石。如今，古生物学家一直对如何确定人类祖先的各个分支争论不休，因为几乎每发现一具遗骨，他们就需要重新确认。他们无法完全判定，究竟谁是最早的人，谁是谁的“祖父”和“孙子”，而谁又属于这个家谱分支中的远亲。但他们认为，最重要的事情似乎已经弄清楚了。

据推测，大约 550 万年前，人类的祖先和黑猩猩的进化路径分开了；大约 400 万年前，人类的祖先南方古猿第一次用两条腿直立起来；大约 300 万年前，人类的祖先第一次使用工具，到了大约 200 万年前已经非常熟练了；几十万年后，人类的祖先开始直立行走；大约 60 万年前，人类的祖先学会了做饭，过了大约 10 万年，又学会了缝制衣服……而我们这种智人最早出现于约 30 万年前，按此时间推算，诞生地就在东非地区。大约 13 万年前，我们的第一批祖先离开了非洲大陆（大概在今天埃及的苏伊士运河附近），走向了世界。他们迁移到中东、亚洲、欧洲、澳大利亚和美洲，逐渐抵达了地球上最偏远的地方。

利基精通两种非洲语言——基库尤语和斯瓦希里语，这对他在非洲工作和大学学习很有帮助（学校要求掌握两门以上的外语）。但问题是，在离开非洲以后，他周围没有任何人懂得这两种语言。于是，在进行斯瓦希里语考试时，他被要求自己测试自己。当然，他通过了考试。大学的领导们曾希望肯尼亚基库尤部落的首领能给他们写一封信，评价利基的基库尤语水平，来证明利基能用基库尤语交流。但问题又来了——首领不会写字。所以，利基替他写了信，而首领则在信上按下了手印。就这样，大学的领导们非常满意。

0
5 cm

让-弗朗索瓦·商博良

他是第一位破解古埃及象形文字结构并破译罗塞塔石碑的学者，从而成为埃及学的创始人，被后人称为“埃及学之父”。

埃及人在5000多年前建立了统一的国家。尼罗河是埃及的生命之河，每年定期泛滥的时候，大量河水溢出河岸，洪水退去后会留下一层厚厚的淤泥，形成肥沃的土壤，为埃及人提供了源源不断的财富。这就是为什么尼罗河流域会出现一个伟大的古文明。埃及人建造了巨大的神庙和宏伟的建筑——金字塔。但在很长一段时间里，我们并不知道他们每天都在做什么，他们的统治者叫什么名字，因为他们用一种类似图画的文字——象形文字书写了自己的整个历史。2000多年前，当古埃及帝国灭亡之后，那些能阅读象形文字并能讲述刻在石头上的神秘历史的人也随之消失了。

当商博良11岁时，他第一次听说了埃及的神秘故事。讲述者是他家人的一位朋友，在1798年法国入侵埃及后回到了法国。从那时起，商博良就下定决心一定要读懂象形文字，以了解古埃及的历史。他开始学习中东和亚洲的语言，而且他的确有语言天赋，5岁时就能用法语自由阅读了。不久，他就掌握了9种外语：拉丁语、希腊语、阿拉伯语、希伯来语、叙利亚语、科普特语、波斯语，以及汉语和梵语。这样一来，商博良迫不及待地开始研究法国人从尼罗河流域带回来的诸多发现。其中，有一块刻有古代铭文的扁平黑色石碑，在1799年7月于尼罗河附近的拉希德（法语误译为罗塞塔）镇被发现，长度超过1米，重约762千克。这块石碑嵌在一个城堡的墙壁中，是拿破仑率领法国远征军在埃及作战时最重要的发现。

罗塞塔石碑上用古埃及象形文字、当时的俗体文字（埃及平民使用的文字）和希腊文字3种文字刻了同一段话，意思是祭司祝贺法老加冕一周年。这对精通希腊文的商博良来说是一个绝佳的机会。他将每个希腊文字与古埃及象形文字进行比较，试图翻译出象形文字，但成效甚微。他尝试了好几年，仍无法理解这种语言是如何被创造出来的，也无法掌握它奇怪的书写方式，原因之一是石碑上的希腊文字只有500个单词，但象形文字的数量几乎是希腊文字的3倍。于是，他怀疑：“或许，一直被认为是用形表义的古埃及象形文字也有表音功能。”

从那一刻起，商博良把这段神秘的文本看作密码，并准备不惜一切代价破解它。那时，在英吉利海峡的另一边，杰出的英国物理学家托马斯·杨在研究罗塞塔石碑时发现，圣书体文字中含有6个外部带有椭圆形框的象形文字，他认为这是当时的法老托勒密的名字，因为名字外加椭圆形的装饰框是王室成员才有的特权。商博良担心这位英国人会很快破译所有象形文字，于是他决定加快速度。但他并不知道，托马斯·杨只是把破译古埃及象形文字视为一次假日探险，他早已把埃及人留下的奥秘搁置一边，回到研究光的本质的工作中去了。

商博良在古埃及象形文字中努力寻找其他法老的名字。于是，他选择了一个只有4个字符的最简单的图案来破译。他不认识前两个字符，后两个字符是重复的，根据托马斯·杨对托勒密的解释，他知道这个字符表示“S”。这个图案中的第一个象形文字看起来像一个圆盘，商博良认为它就是太阳。也许太阳的名字在埃及人使用的另一种语言中被保存到了今天？通过仔细研究，他在科普特语中发现太阳是“ra”。因此，一连串的以“ra”开头，以“ss”结尾的字符表示什么呢？他开始寻找以“ra”开头，以“ss”结尾的法老名字。他对比了许多文本和资料，最后终于找到了！这个图案代表的就是拉美西斯，他是埃及历史上最伟大的法老之一！商博良欣喜若狂，马上跑到哥哥那里，告诉他这一大好消息。他大声喊着说：“我终于知道这一切是怎么回事了！”然而，他突然病倒了。破译古埃及象形文字让他费尽周折，历尽艰辛，以至于他5天都卧床不起！

关于法老名字的发现仿佛黑暗里的一束光。商博良重新回到罗塞塔石碑的研究之中，并很快逐句破译了上面镌刻的象形文字。他成功破译了古埃及象形文字的字母和语法结构规则，而他的研究成果催生了一个新的学科领域——埃及学。

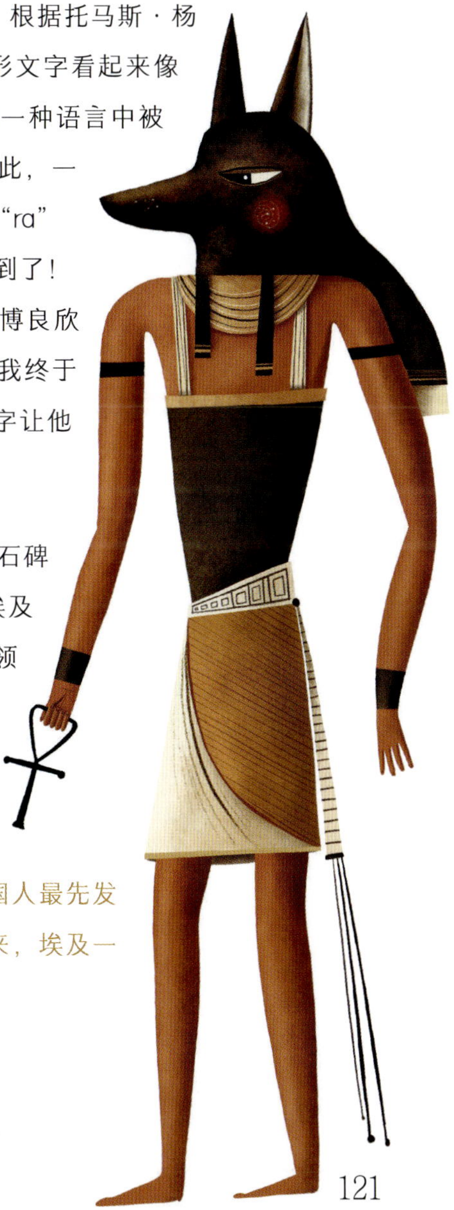

在拿破仑战争期间，法国占领了埃及，目的是切断英国与其海外殖民地印度的联系。但是，法国在与英国的海战中战败，不得不撤出埃及，还被迫把他们在尼罗河流域发现的一切悉数交给了英国。因此，尽管法国人最先发现了罗塞塔石碑，但我们今天只能在伦敦的大英博物馆里看到它。多年来，埃及一直要求英国归还这一宝藏。

往前走
升起，上升
心脏
到来
面包
步伐
喝
神
白色的
生存
肩膀

霍华德·卡特

他发现了埃及最著名的法老之一——图坦卡蒙的陵墓。

尼罗河上曾经辉煌的法老王朝令全世界的人着迷。随着埃及象形文字的破译，这个古老而神秘的国度正逐渐被揭开厚厚的面纱。对埃及学家来说，埃及研究的黄金时代已经来临。

卡特接触埃及研究纯属偶然。他是家中11个孩子里最小的，从小体弱多病，只能在家接受教育。不过，他遗传了父亲的绘画天赋。后来，有人建议卡特去热带地区生活，以改善身体状况，于是他跟随英国考古队去了埃及。他在队中担任绘图员，负责记录考古遗址和发现的宝藏。

在炎热的埃及，体弱多病和害羞的卡特变成了一个健康、活跃和勇敢的人。事实证明，他的绘画天赋也是出类拔萃的，越来越多的考古队开始争相邀请他参与考古工作。这位来自英国的年轻人没有止步于在考古队中绘图，而是深入学习考古方面的专业知识。他精通阿拉伯语，与埃及官员和普通工人都保持着良好的关系，这在当时的英国人中实属罕见。他在阿玛纳工作过，这是埃及法老王朝的古都之一。他还在位于尼罗河西侧、底比斯古城北部的哈特谢普苏特神庙工作过，而哈特谢普苏特是统治埃及的少数女王之一。后来，卡特发现了几个法老的陵墓，甚至被埃及人雇来监督外国考古队的工作。不过，他的脾气有点儿暴躁，如果没有结识乔治·卡尔纳冯勋爵的话，他的才华可能会被荒废在办公室里。当这位富有的英国贵族来到埃及，目睹了陵墓的挖掘工作后，他决定亲自领导尼罗河沿岸的考古研究。他不仅有财力，也有眼光，只缺少一位专家来负责指导工作，而卡特无疑是最佳人选。

卡特和卡尔纳冯勋爵达成协议，正式开始了“帝王谷”的挖掘工作。根据埃及的传统，古埃及许多法老死后都被埋葬在这里。遗憾的是，大多数陵墓早已被盗墓者破坏，能找到一个未曾被盗的陵墓几乎不可能。从1917年到1921年，卡特每年冬天都在那里连续工作，但只找到了一些无关紧要的小雕像。于是，他与卡尔纳冯勋爵商量，将在1922年结束此处的考古工作。

就在1922年11月4日，他们接到一位挖掘工人的报告。原来，他挖掘出了一条石阶。卡特来到那个地方，立马知道那是一条通往地下的阶梯的第一层石阶。他难以掩饰无比兴奋的心情，下令继续往下挖。一天后，他站在一扇古老的石门前，上面有一个数千年前留下的完好无损的封印。卡特命令立即停止挖掘，将一切按原样埋好，并将此事通知了卡尔纳冯勋爵："终于，我们有了一个非凡的发现，一座有着完整封印的宏伟陵墓正等待着您的到来。"勋爵立即动身来到埃及。当他到达帝王谷之后，众人一起见证了陵墓大门被打开的伟大时刻，大门后面是一条短短的石头走廊和另一扇门。卡特在门上钻了一个小孔，通过小孔往里面看。"你看到里面有什么东西了吗？"勋爵问道。"里面有很多非常漂亮的东西！"卡特回答说。这个对话成了考古学史上最著名的对话之一。

在一些最值得信赖的工人的帮助下，卡特和卡尔纳冯勋爵一起打开石门走了进去。里面的东西让他们眼花缭乱，大开眼界！没有人曾找到过如此丰富、具有如此巨大历史价值的宝藏！可谓前无古人，后无来者！在陵墓中，随法老陪葬的物品一应俱全，有衣物、家具等日常用品，有石膏花瓶和王冠，还有战车。所有物品都用黄金装饰，并涂有彩色珐琅。最轰动的是，戴着金色面具的图坦卡蒙法老的木乃伊，安静地躺在另一扇门背后的石棺中。在4个地下墓室里，研究人员发现了5 000多件陪葬品。直到1925年，在进行了充分准备的前提下，卡特率领工作人员对陵墓展开了系统的发掘和整理工作，持续时间长达8年。后来，埃及政府将所有陪葬品都转移到了开罗的国家博物馆。那些出土的文物至今仍异常美丽，令人过目难忘。

卡尔纳冯勋爵在打开法老墓室6个月后就去世了。他在刮胡子时，划伤了被蚊子叮咬过的皮肤，伤口出现了致命感染。其实，这是一种常见的疾病，却被那些渴望产生轰动效应的记者描写成耸人听闻的谣言："这是图坦卡蒙的诅咒。"当然，这纯属无稽之谈！卡特本人就是最好的例子，他不仅没有出事，还因发现了法老陵墓，从此声名远扬！

图坦卡蒙英年早逝，死时大概只有19岁。他可能死于战车事故，可能死于战场，也可能死于某种疾病。他是一位鲜为人知的法老，还没来得及施展抱负。如果连他都得到了如此丰富的陪葬品，那么在埃及最伟大的统治者的陵墓中，人们还会发现什么样的宝藏呢？谁知道呢？也许它们正等待着人们去发现。

砰砰！

مقبرة توت عنخ آمون
图坦卡蒙陵墓
第62号

卡齐米日·米哈沃夫斯基

他拯救了埃及和苏丹边界上古老的法拉斯大教堂，并开创了考古学的新流派。

埃及出土的宝藏激发了人们对埃及历史的兴趣。随后，学者也开始追溯那些与埃及接壤的国家的历史，特别是位于埃及南部和东部的国家。除了《圣经》以外，人们在这方面的知识非常缺乏，甚至不知道那些曾与埃及有过往来的王国叫什么名字。

卡齐米日的考古生涯始于学生时代，为了增加自己的知识储备，他曾经前往巴黎、罗马、雅典、柏林、海德堡、明斯特等地学习，还参加了法国在希腊的考古发掘。二战爆发前，他就在尼罗河沿岸工作。当时，他在埃及南部进行考古挖掘，逐渐爱上了这片法老生活过的土地。他说：“是否能去埃及考古可以衡量一个国家的文明水平。”因此，战争一结束，他就带领波兰考古探险队来到埃及。他发现了法老图特摩斯三世的神庙，并开始重建哈特谢普苏特的神庙（这座神庙位于埃及卢克索尼罗河西岸的代尔埃尔巴哈里墓葬庙宇群中）。

卡齐米日还参加了抗洪拯救古迹的运动。这不是《圣经》中记载的大洪水，而是发生在1971年的真实故事。那时，埃及人正在尼罗河上兴建阿斯旺水坝，由此产生的人工湖将淹没数百千米的广阔地域。然而，考古学家尚未考察过这一地区——位于埃及南部与苏丹北部之间尼罗河沿岸的努比亚地区。这是最后一次机会，因为大坝一旦建成，水库里的水就会直接摧毁一切。一场与时间的真正赛跑开始了，而卡齐米日率领的波兰考古探险队赢得了这场比赛。20世纪60年代中期，他曾在撒哈拉沙漠中发掘出一座宏伟的教堂、一座宫殿和一座修道院。这些建筑的墙壁上都装饰着美丽的绘画，那是艺术家直接在石膏上完成的。卡齐米日决定：“这些壁画不能就这样被水淹没，我们必须拯救它们！”于是，他开始了拯救壁画的艰难行动。他先把一种特殊材料粘贴在壁画上，然后把被贴的地方整个从墙上切割下来，仔细包裹。这些壁画非常易碎，卡齐米日必须格外小心，还要有极大的耐心。同时，时间不等人！因为大坝建成后，尼罗河水涨速极快。幸运的是，包裹好的壁画用船安全地运到华沙，在那里进行修复和保存。

如今，这些壁画陈列在华沙的国家博物馆中。从此，考古学家和古迹保护主义者之间的良性合作成了“波兰考古学派”的特色。

卡齐米日对努比亚地区情有独钟。为此，他深入苏丹进行考古发掘，并在那里探索了考古学未知的区域。在位于尼罗河畔苏丹国的栋古拉城，他发现了两个古代王国的首都，它们过去曾与埃及征战，甚至攻击过埃及。他率领的波兰考古探险队从沙子下面挖出了一座教堂遗留的废墟，那里仍然矗立着一些高大的石柱，还有一座王宫。因为这些意义非凡的发现，来自世界各地的考古学家开始讨论建立一个新的学科领域——努比亚学，而第一次努比亚学世界大会就在华沙举行。

后来，卡齐米日将兴趣转向了古埃及的另一个邻国——位于埃及东部、今天叙利亚中南部的巴尔米拉古城。它处于两条重要路线的交会处，是古代商队穿越叙利亚沙漠的中转站，也是重要的商业中心。卡齐米日在那里发现了精美华丽的马赛克（当时是富裕的城镇居民用来装饰房屋、雕塑、寺庙的重要材料），还挖掘出了每个探险家都梦寐以求的装有金币的陶罐。

在埃及时，卡齐米日还完成了另一项意义重大的工作。那时，不断上涨的尼罗河水已经威胁到了一处重要的古迹：用岩石雕刻而成的巨型神庙——阿布辛贝神庙。考古学家都认为，应该把神庙一块一块地拆除下来运走，然后在一个水位无法抵达的地方重建。最终，他们说服了埃及政府。卡齐米日是监督这项工作的专家组负责人。他们努力了10年，终于将这座神庙整体迁移至高出河床水位60多米的后山上，并完好无损地重建了！

2007年，埃及人在首都开罗最重要的考古博物馆——埃及博物馆前为卡齐米日竖立了一座半身像，充分肯定了波兰考古学派在尼罗河流域所做的工作。这位波兰考古学家的雕像旁边还矗立着两座雕像：一个是该博物馆的创始人、法国考古学家和埃及学家奥古斯特·马里埃特，另一个就是第一位破解古埃及象形文字结构并破译罗塞塔石碑的“埃及学之父”、法国学者让-弗朗索瓦·商博良。

哈特谢普苏特

0
能量
−13.6 eV
n = 1
n = 2
n = 3
n = 4
距离
从原子核开始
S
N